もしも、詩があったら

アーサー・ビナード

JN178801

光文社新書

もしも、詩があったら

はじめに——もしも、詩があったら

「もしも」と言っただけで、まわりの世界が、ちょっと違って見える。

「もしも」から出発して、想像をめぐらしてみると、新天地に到達することがある。

「もしものとき」にそなえて、ぼくらは生きのびようとする。

詩が生まれるきっかけになるのも、この「もしも」だ。

「もしも……自分が生きたまま地獄を旅することができたならば……」と考え始めたダンテは、やがて『神曲』の創作にいどむ。

「もしも……自分の肉体があらゆる生命体とつながる現象ならば……」とイマジネーションを膨《ふく》らましたホイットマンは、命がけで『草の葉』の詩作に取り組む。

「もしも……あちこちアメリカ各地どこにでも大波が打ち寄せる海があったならば……」ととりとめもなく空想にふけったビーチ・ボーイズのメンバーは、その勢いで『サーフィンUSA』の歌詞を綴《つづ》り、レコーディングして世に出した。すると、その愉快な「もしも」の力でずんずんヒット・チャートの波にのっていった。

詩歌の作り手は大昔から、想像力を呼び覚ます装置として「もしも」を多用してきた。いや、詩人や作詞家に限らず、本当はみんなが「もしも」を大昔から使ってきた。けれど、記録がはっきり残るのは文学作品だったりする。

詩人はよくアンニュイとか憂鬱《ゆううつ》とかをうたうが、だれでもときにふさぎ込み、なにもかも嫌になってしまうことがある。そんな心理状態から脱出する非常口へ、「もしも」は導いてくれる。

いくら考えてもいいアイディアが浮かばず、思考が壁に突き当たった場合、それをのりこえる梯子《はしご》になってくれるのも「もしも」だ。常識の向こうまで見通すためにも、「もしも」のレンズが欠かせない。

となると、「もしも」の反対語はなにか？　もちろん、どこの辞書にも載っていないが、おそらく「もしも」から最も遠い対極にあるのは、思考停止の「しかたがない」「しようがない」あたりだろう。あるいは、諦《あきら》めを含んだ「無理」か。

いったいだれが最初に口にした言葉なのか、英語にはこんな名言がある。

「歴史を学んで唯一はっきりわかることは、人間はいまだに
歴史からなにひとつ学んではいない」

いま思うと、ぼくがミシガン州の学校で学ばせられた「世界史」や「アメリカ史」は、突っ込みが不十分で、ほとんど自国の正当化に終始していた。ただ、高一のときのミスター・ケリーの授業は例外的だった。眼光が鋭く、かなり厳しかったけれど、ケリー先生の厳しさは生徒のみならず自分自身にも向けられていた。歴史教科書とその登場人物たちに対しても、フェアでシビアだったので、生徒のぼくらは彼を慕《した》っていた。

授業では、読むというよりも教科書を解剖して、ほかの資料と比較しつつ異なる意見を並べ、クラスに議論を巻き起こす。現在との共通点がだんだん炙《あぶ》り出され、みんなで論じ合っている途中、タイムアップのベルが鳴る。テレビで見るアメリカ大統領選挙戦の予定調和ディベートなんかと違って、ケリー先生のクラスの議論には聖域がなく、しゃべった内容でお目玉を食うということもなかった。ただし二、三回は、発言のフォーマットについて、ぼく

はケリー先生に厳重注意を受けた。問題は**if**の使い方、つまり歴史における「もしも」の領域だった。

たとえば、独立戦争の話になれば、ぼくはつい「ワシントン率いる大陸軍がもし敗北を喫《きっ》していたら……」と考えてしまう。また、南北戦争の戦後処理に思いを馳《は》せると、なんとなく「もしリンカーンが暗殺されなかったら……」と仮定せずにはいられない。そんな空想が授業中にうっかり口を衝《つ》いて出ると、ケリー先生にこう諌《いさ》められた。

「歴史には〈もしも〉は禁物だ。もしもこうだったらと、ファンタジーにふけるのではなく、もしかしてこうだったのではと、史実をつかんで多面的にとらえるためにのみ、イマジネーションを働かせなければならない」

納得すると同時に、もしかして思いっきりの「もしも」が許される、歴史以外の分野に自分は向いているのかもしれないと、考えたものだった。

あれから三十年経《た》っても、いまだに仮定や空想に走る癖はなおらず、詩を書くとき、それが重宝している。また、ほかの詩人の作品で**if**とか「もしも」が巧みに使われていると、感じ入って和訳や英訳をしたくなったりする。

いつからか『もしも詩があったら』と題した詞華集《アンソロジー》を編んで世に出せたらなと、ひとり目《もく》論《ろ》み始めた。そのころから巻頭にくる作品は、もうぼくの中では決まっていたのだ。ブラジルのモダニスト詩人、オズワルド・デ・アンドラーデのこの一篇。「もしも」をまるでフライ返しみたいに使って、歴史をひっくり返して焼き上げたような詩だ。

(英文を読みたい方はp.236参照)

ポルトガル人のぽかミス

オズワルド・デ・アンドラーデ

帆船に乗り組み
はるばる海を越えて
初めて南米大陸に到達したのは
肌寒い日だった。
風が吹き荒れていた。
そこでポルトガル人は

裸のインディアンに
洋服を着せたのだ。

ああ、なんて残念。
もしも暖かな晴れの日だったなら
インディアンは
ポルトガル人を
裸にしてやれたのに。

いつ、どこで、だれと出会うのか、数々の偶然の遭遇が積もり積もって、重なってつながり、一人ひとりの人生を大きく変えていく。
逆に「もしもあの人に出会わなかったなら……」と想像してみると、影響がいかに大きいか、炙り出されてくる。歴史の中でも、出会いの連続が大きく作用しているに相違ない。
ぼくは日本語と出合って、はや四半世紀がすぎたが、思えばこのごろ「一期一会《いちごいちえ》」という四文字熟語をぼくに伝授しようとする人が、めっきり減った。以前はいろいろな場面と場所で、出会ったばかりの親切な人から、たびたび「一期一会」の意味を教えてもらったのだ。青森行きの夜行列車の車中でも、東海道新幹線の自由席でも、定食屋でも居酒屋でも、銭湯の男湯の湯気に包まれた中でも。「むかしからある日本の美しい言葉でね」といった前置きがついて。

何度も教わったおかげで、ぼくはしっかり覚えて、さらにみんなそれぞれの解釈があることもわかった。「十人十色の一期一会」とでもいうべきか、たとえば茶道に詳しい人は、桃山時代までさかのぼって紹介してくれた。あるいは仏教から入って禅にウエートをおいて語る人もいた。また歴史的背景を抜きに、ひたすら今のこの出会いの大切さを説く人も。もちろんそこのところが肝心で、だれもが触れるポイントだったけれど、同時にやはりみんな、「一期一会」が日本独特の発想だと思っているらしかった。

ぼくは話が長くなるのを恐れて、それに対して反論しないできたが、実をいうと、英語にもある。四字熟語ではなく、読み人知らずの古い八行詩になっていて、タイトルは I Shall Not Pass This Way Again という。いささか道徳臭く、ちょっと言い過ぎている面はあるけれど、巧みに脚韻《きゃくいん》を踏んでリズミカルで、耳に心地よく残る。

日本語に訳しながら、ぼくは「一期一会」の反対語はなんだろうと考え出した。もちろん辞書には載っていないが、つまり「一度だけこの世をわたっていくのだ」ということなら、もしかして反対語は「旅の恥はかき捨て」になるのか。

I Shall Not Pass This Way Again

Through this toilsome world, alas!
Once and only once I pass;
If a kindness I may show,
If a good deed I may do
To a suffering fellow man,
Let me do it while I can.
No delay, for it is plain
I shall not pass this way again.

ここへ再び来られない

たった一度だけ　わたっていくのだ――
苦しみに満ちた　この世の中を。
出会った人に　もし　親切な言葉をかけたり
困った人に　もし　救いの手をさしのべたり
それができる機会が　もし　わたしに
巡ってきたら　逃がさないようにしよう。
躊躇《ちゅうちょ》などせず　即座にしよう　できるうちに。
なにしろ　わたしは　ここへ再び来られないのだから。

「もしも」という言葉は想像力を掻《か》き立て、思考回路を刺激して、詩が生まれるきっかけとなる。だが、同時にPRの売り文句をつくる道具としても重宝する。たわいない購買意欲をくすぐる場合もあれば、人びとを危険な罠《わな》に誘い込む「もしも」もある。

「もし今すぐ投資するんだったら儲《もう》かるよ」と、ペテンのファンドがカモを引っかけるし、「もしコレを使えば苦労せずに豊作は請け合いだ」と、遺伝子組み換え作物の企業は農家をだます。歴史を振り返ればそんな「絵に描いたもしも餅」の実例がごろんごろんと転がっている。ひょっとしていちばん多く悪用された分野は、原子力のPRかもしれない。ぼくの母国が秘密裏に原爆開発を始めたころから「もしもコマーシャル」は進められ、カムフラージュが施《ほどこ》されてきたのだ。

まず原子爆弾づくりに否定的な科学者や政治家に対して、「もしも敵が先に開発したら！」と脅《おど》かして黙らせた。一九四五年の八月六日に落としたウラン爆弾と、八月九日に落としたプルトニウム爆弾を正当化するときには、「もしも原子爆弾を落とさなかったら軍国ジャパンは最後まで戦い、百万人の米兵が犠牲になっただろう」と宣伝した。実際はそんな統計の根拠などどこにもなく、軍国ジャパンが戦争する能力をすでに失っていたと、米政府は知り尽くした上で原爆投下に踏み切った。

第二次世界大戦とバトンタッチして開始された冷戦も、ずっと「もしもキャッチコピー」

の連続だった。「もしもソ連が攻めてきたら！」と自国民を脅かしながら、米政府は核開発をエスカレートさせ、未曽有《みぞう》の軍拡競争に税金を投入した。案の定、ソ連がプルトニウム爆弾をつくってしまうと、それを利用して米政府は「もしも核開発で追いこされたら！」と、水素爆弾の開発に予算をじゃぶじゃぶ注《つ》ぎ込んだ。またまた案の定、ソ連も水爆をつくってしまったら、米国民はさすがに心配になり、核開発とは絶滅への道なんじゃないかと、気づき出したのだ。

そこでアイゼンハワー政権が、がらりとPRの方向を変え、「もしも原爆のエネルギーを発電のためにつかったら、みなさんの電気代はゆくゆくゼロになること請け合いだ！」と言いふらし、平和利用の夢物語をでっちあげた。当然ながら、最初から軍事利用の隠《かく》れ蓑《みの》に過ぎなかったが。

こんなペテンに対抗できる「もしも」は、どこかにないのか？　そう考えると、ぼくの頭に浮かんでくるのは十九世紀のアメリカの詩人、ヘンリー・デイヴィッド・ソローだ。マサチューセッツ州コンコード市に生まれ育ったソローは、三十歳をこえてから街を離れ、ウォールデン湖のほとりに丸太小屋を建て、自給自足で暮らし始めた。そして発見したことを『森の生活』という本に綴り、それは散文のように見えて、じつは力強い「もしも」に満ちた詩だ。もちろんソローが生きていたころは核開発などなかったが、代わりに鉄道開発が急ピッチで進められて、その自然破壊と人間破壊を詩人は目の当たりにし、「もしもやめたら?」と諷刺《ふうし》たっぷりに問いかけた。汽車と原発とでは、害の度合いがまるっきり違うが、どちらも「湯沸《ゆわか》し」を利用するし、同じ延長線上にあることは間違いない。

「もしも原発をやめたら?」と問うための核心が、ソローのこの言葉にある。(英文はp.237)

もしもわたしたちが、枕木《まくらぎ》を並べるのをやめたら、どうなる? もし鉄のレールをどんどんのばさなかったら? 線路の敷設工事に昼も夜も費やすのではなく、わたしたちがもし代わりに、一人ひとり手間ひまかけて自分の人生づくりの工事に取りかかったらどうだろう? ところがそうなったら、いったいだれが鉄道をつくるのか……もしも鉄道がつくられなかったら、みんな時刻通りに天国へ到着できないかもしれない? でも、もしみんなが自分の人生づくりに打ち込んで、日々を家ですごしたら、そんな鉄道がなくても困らないはず。人間は自分たちが列車にのって、レールの上を走っていると、思い込んでいるようだが、本当は逆で、列車が人間の上を走っているのだ。レールの下に並べてあるあの枕木が、そもそもなんなのか、考えたことがあるか？　あれらは人間だ。一本いっぽんが一人ひとりの、たとえばアイルランド系の労働者だったり、ニューイングランド系の労働者だったりする。横になった彼らの上にレールが敷かれ、砂利《じゃり》で彼らの合間が埋められて、彼らのおかげで車両はすべるようにすいすい進む。しっかりした、頑丈《がんじょう》でいい枕木だ。そして何年か経つと、労働者がまた取り替えられ、新しい枕木が並べなおされ、その上を列車が走りつづける。そうやって、ゆったりと運ばれていく者と、ぎゅっと押しつぶされていく者の、格差の関係ができあがる。ときおり、列車が人間を轢《ひ》いてしまったりもする。つまり、横になって眠るはずの枕木でも、ときおり立って歩きながら眠る余剰人員がいて、ぶつけられて一瞬、目が覚めるわけだ。すると列車は急停止して「人身事故！」と、まるで例外的な事態であるかのように大騒ぎをする。うわさによると、ずらずら寝かされた枕木たちが起きるのを防ぐために、常に線路の整備点検をやらなければならないらしい。鉄道会社が線路を、八キロメートルの区間に分けてそれぞれにチームを組み、大勢で絶えず枕木を叩いたりおさえたり、平らにする作業をつづけるのだという。

わたしはそれを聞いて、少し希望がわく思いがした。いつか枕木たちが、みんな立ち上がる日がくるかもしれないと。

十九世紀中葉に、太平洋の向こうのマサチューセッツの森で綴られた言葉が、二十一世紀の矛盾をこれほど明確にピンポイントで突いていることに、驚嘆せずにはいられない。経済成長の幻想、先端技術の過信、格差と搾取《さくしゅ》のカラクリまでもソローの「枕木モノローグ」に盛り込まれている。彼の視点を拝借すれば、今の原発労働者が置かれている状況も、通勤電車の人身事故の真意も、見通せる。

明るい題材とはいえないけれど、それでも詩は決して暗くはないはず。なぜならソローの基本姿勢がとても前向きだからだ。

「いつか枕木たちが、みんな立ち上がる日がくるかもしれない」――このスケールの大きい希望も、人間の「もしも」の源からわき上がったものに違いない。

もしも、詩があったら

目次

本文イラスト　アーサー・ビナード
本文デザイン　モリサキデザイン

I

「もしも」と出会う

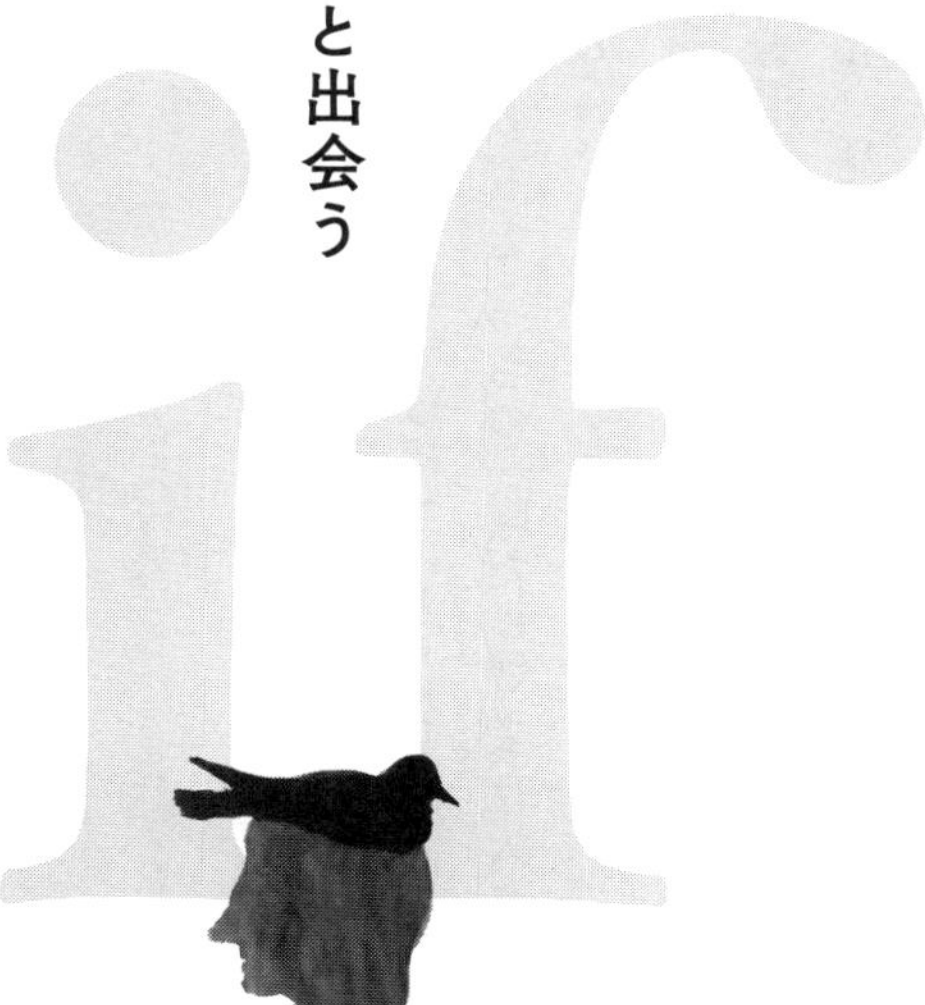

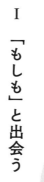

もしもマニフェスト

ぼくはふだんからリュックサックにマイ箸《はし》を忍ばせているので、外食が多いときでも割り箸を使うことは少ない。ただ、店によってはぱっぱと人数分の割り箸が配られたり、料理といっしょについてきたりするので、こっちの一膳だけ箸袋《はしぶくろ》に入れたまま、わざわざ給仕人に「自分のを持ってきましたので」と返すことになる。

ある寒い夜、東京の有楽町あたりで居酒屋に入った。カウンターについた瞬間、目にもとまらぬ速さで、ぼくの前にお通しと割り箸が置かれた。さっそく後者を、その手際《てぎわ》のいい女将《おかみ》さんに戻すつもりで手に取り、見てみれば箸袋になにやら英語が書いてあるではないか。

まず大文字で HOW TO USE CHOPSTICKS と、「お箸の使い方」を教える取扱説明書に

ふさわしいタイトル。そしてそのすぐ下に、説明責任を放棄する Ask a person next to you ――「隣の客に聞いてごらん」というアドバイス。さらにその下には If he's in trouble too, ask a person next to him. If… とある。

「もしも、隣の客もてこずっている場合は、彼のまた隣の客に聞くがいい。そしてもしも……」と、ま、日本語に訳せばそんな感じか。

ぼくはふっふっと笑い、女将に返すのをやめてそのままリュックにしまい込み、代わりにマイ箸を出した。思えば、むかしアメリカでも何度か、笑えるハウツー物の箸袋に遭遇したことがあった。チャイニーズレストランで食べたとき、それがテーブルに置かれてあって、たしか HOW TO USE YOUR CHOPSTICKS みたいな見出しもついていた。でも一応、二本の棒をどの指でどう動かせばよいのか、真面目に説明しようとしていた。なのに、メチャクチャな中華英語のオンパレードで、思わぬユーモアを醸《かも》し出していたわけだ。スペルのミスで「チョコスティック」に化けたり、あらぬところに「差し込んでください」と指示していたりして。

それに引き替え、有楽町の居酒屋の HOW TO USE CHOPSTICKS はしょっぱなからジョークを狙《ねら》って、はぐらかしている。そのぶん、人を小バカにした印象も与えかねないはずだ。けれど、なぜかそうはならない。いや、もし出だしの Ask a person next to you というセンテンスのみで終わっていたならば、なんだか後味悪い、ちょっとむかつく箸袋にはなっていた。しかしあとにつづく**if**と、またエンドレスに広がる最後の**if**…の繰り返しが、すべての救いだ。

「もしも」というバネで、読む人がイマジネーションの域へと飛ばされる。しまいには、隣の隣のまた隣の人までも箸がうまく使えずみんな閉口しながら食べようとしている光景を、つい頭に浮かべる。つまり滑稽《こっけい》な不条理が、ほかの印象や感情に勝つのである。

「そんな**if**の力は素晴らしい！　ひょっとして世界平和を築き上げるカギかもしれない！」ぼくがもしそういったら、大げさな楽天家と片づけられ、嘲《あざけ》り笑われるに違いない。ところがもともと、平和作りの仲裁役として**if**の効力を認めて絶賛したのは、ぼくではなくてシェイクスピアだった。

日本語に「沙翁《さおう》」の雅号を持つシェイクスピアは、数々の道化師を世に送り出した。中でも『お気に召すまま』に登場するタッチストーンは、とりわけウィットに富み、その台詞《せりふ》のどれもが輝いている。終わりのほうの第五幕第四場で、彼は喧嘩《けんか》の奥義《おうぎ》について、いよいよ愉快な一席をぶつのだ。売り言葉でも買い言葉でも、またどんな真っ赤なウソでも、「もしも」という優れものさえあれば、うまくかわして回避できるという。

I knew when seven justices could not take up a quarrel, but when the parties were met themselves, one of them thought but of an If, as, "If you said so, then I said so;" and they shook hands and swore brothers. Your If is the only peace-maker; much virtue in If.

以前、裁判官が七人も取りかかって、それでもどうしても丸くおさめられない喧嘩があった。しかし、いざ当事者同士が、ひざ詰め談判をすることになり、そこで片方がひらめいて「もしも」を思いついたのだ。「もしも、そちらがそう言ったらば……」さらには「もしも、こちらがこう言ったらば……」といった具合に、やがて二人は、互いに手と手を握り合い、兄弟として協力すると誓った。大したものだ、この「もしも」という唯一無比の調停者は。やはり「もしも」の徳の力は、侮《あなど》れない。

ピースメーカーとしてのみならず、詩作りのためにもifは欠かせない存在だ。「仮に」を積み重ねて、狭い常識から抜け出る階段をつくり、詩人はのぼって想像上の空から眺め回す。最終的に、活字になった作品の文言から「もしも」も「仮に」もifも、すべて削《そ》ぎ落とされて残らないにしても、作品の思考回路のあちらこちらには、仮定の力が生きている。

仮定というものは、必ず不確実性を含む。そもそも不確実性そのものから仮定はできているといっていいのかもしれない。となれば、詩作品にも、おのずと不確実性が潜《ひそ》み、それが読者にとってはわけがわからなくなる原因だったりする。でも、そんなわけのわからなさをごっそり取り除き、単純明快な作品にしたら、今度は常識の範囲内におさまってしまいかねない。要するに、詩ではなくなる可能性がある。

不確実性とどうつき合うかは、詩人が一人ひとり試行錯誤を繰り返しながら探る問題だが、アメリカのPaul Hooverは一九八三年に、作品を通して自分なりの見解を味わい深く述べた。

わかる詩がほしい

ポール・フーヴァー

もしも猿が、車を運転して
海岸沿いの並木道をひとり颯爽《さっそう》と飛ばし、そして
その左側の椰子《やし》の木が、じつはみんなブリキだった
としたら、わたしたちはもう、わけがわからない。

ちゃんとわかる詩がほしい。
木々や花々を命名しながら、迷う心配がないよう
カラーコーディネーションを施《ほどこ》してくれる神さまに、
わたしたちは案内してもらいたい。鳥の鳴きまねも

サービスして、客席を楽しませてくれる感じの神さま……
とにかく、わかる詩のほうがいい。
むっつりした酔っ払いが、隣の止まり木に座っている
アルマジロに言い寄ってナンパしようとするなんて——

そんな込み入ったあり得なさは、ごめんだ。
たとえ歌として愉快であっても。鼠《ねずみ》の渇《かわ》いた舌をひきずり
壁の中へ、外へと走り回ったりする話も、いらない。
こんな棒を振りかざすスチュワーデスも、声のない少女も、絶えず

ゆったりとしたスピードで動く海も、その横へ広がる
海水と見まがう単なる青色も、その中にじっと潜《ひそ》むもうひとつの
海も、不要だ。トカゲたちがテーブルに這《は》いのぼって、絶対的な
握力を鍛《きた》えた手に化けても、やっぱり遠慮する。わかる詩がほしい。

たとえば、母親のドレスについた謎の指のしみ、それから殉教者の痛み、科学者の苦しみなど。黄色いシルクハットを持った兎《うさぎ》が、その中からひょいともう一匹の兎を引き出してみせるとか、入れ墨の渦巻く背中が、果てしもない砂漠に向かうとか、風が吹くのも……

いらない。だってそうなると、もうわけがわからなくなるから。

わかりやすいことは、いいことではある。けれど、わけのわからなさの面白さを拒《こば》んでいったら、身《み》も蓋《ふた》もないのでは？　そんな思いが底を流れているこの詩の原題は、一見わかりやすいように見え、実はかなり手の込んだ Poems We Can Understand だ。

一行目が If a monkey drives a car と、「もしも」から出発しているのは、必然的といっても過言ではない。

「もしも」のタワークレーン

英単語が漢字に置き換えられて作られた日本語が、ごまんとある。ベースボールのpitcherは「投手」になって、catcherも「捕手」と決まり、もっと近年の変換ではvirtual realityが「仮想現実」と称されたりもする。そんな多彩な訳語の中でも、ぼくが特に気に入っているのはskyscraperの日本語バージョン「摩天楼《まてんろう》」だ。

scrapeは「擦《す》る」とも「磨《みが》く」ともとれるし、「擦《す》り剥《む》く」という意味にもなるが、少々やわらかめの「摩《す》る」を選んだ訳者のセンスが光る。しかもその「摩」が、「摩訶不思議《まかふしぎ》」にも「摩利支天《まりしてん》」にも通じて、古典の風格を備えている。

また「楼」がそこを補い、とても近代の訳語には見えず、「磨崖仏《まがいぶつ》」や「五重塔」と同じくらいの由緒《ゆいしょ》を抱え持つ名称に思える。発音は濁音《だくおん》がなく、でもどこか凄《すご》みがあり、大きく響くようにできている。

「摩天楼」という語は好きだが、東京の汐留《しおどめ》みたいにやたらと超高層ビルを建ててはいけないと思う。なぜなら、そんな天を摩る建造物は一度つくってしまったら、壊すことができないからだ。ざっと二百年間はもつといわれ、解体するためには、目玉が飛び出るほど膨大な費用がかかる。ま、強《し》いていえば、世界で唯一「超高層ビルは壊せない」という常識の例外は、マンハッタン島南端のワールドトレードセンター、あのツインタワーの二〇〇一年九月十一日の惨事だ。

高層ビルの建設工事は、「タワークレーン」と呼ばれる起重機を中心に進められる。鉄骨をどんどん吊《つ》り上げては組み立てていき、ビルがにょきにょき伸びるにつれ、クレーンも上へ上へとクライミングして、常にてっぺんにのっかっている。やがてビルの形ができ上がり、骨格の工事が終了してタワークレーンに用がなくなると、いつの間にか姿を消す。

いったいどうやって、どこへ消えるのかというと、まず屋上にもう一台、中くらいのクレーンを組み立て、それを使ってタワークレーンのほうを解体し地上へ降ろす。それからもう一台、小型のクレーンをまた屋上に組み立てて、それを使って中くらいのやつを解体して地上へ。最後には、その小型クレーンを手作業でばらし、エレベーターで降ろして運び去る。

思えば詩人も、作品を組み立てるためには同じような手順を踏む場合がある。天へのぼるような、そびえる高みから見わたすような、愉快な仮想へとぐんぐん伸びていくような詩を書こうとするならば、着想の鉄骨を吊り上げる装置が必要になる。そんなアイディアのタワークレーンみたいな役割を果たしてくれるのは、「もしも」という言葉だ。

常識の地べたにとどまっていたのでは、いつまで経っても見出《みいだ》せない考えを、首の長い**if**のフックで引っかけてみる。それが面白ければ、そしてさらなる仮定を支えられそうなものであれば、「もしも」をまた使って次の段に吊り上げ、組み立てていく。

やがて詩が成り立つところまでくると、さて、そのもとの「もしも」をどうするか、詩人は考える。残しておいて**if**から語ってもいい作品もあれば、削って消したほうが効果的なものもある。詩人が、この詩は後者の部類に入ると判断を下すと、ほかの言葉を使って「もしも」の表現をきれいに解体、跡形もなく外す。結果的に、大きな**if**が積み上げた基礎の上に成立しているというのに、その**if**が単語として作品中に姿を見せないのだ。

「いわずもがなの**if**」のタワークレーンを生かした作品に、まど・みちおの「空《そら》」がある。

子どもたちが石を投げるのを観察し、天文学的な「もしも」を用いて、まさに天に届く一篇に仕上げた。超高層ビルよりもはるかにスケールが大きい。

空

まど・みちお

子どもたちが　石をなげます
空へ　むけて
なんどでも　なんどでも

空は　受けとってはくれませんが
空が　受けとらないはずはありません
夜ごと　きらめいている星たちは
あれは　みんな石です

この世のはじめから　今までに
なん億回にか　一どずつ
なん兆回にか　一どずつ
とどいたのを
空が　受けとっては光らせた…

子どもたちが　石をなげます
空へ　むけて
空に　とどくまで

あんなに空が　息をとめて
今か今かと　待っているものですから
ほんとに　石がとどくのを…

ジャック・プレヴェールの詩に初めて出くわしたのは、中学二年か三年のころだ。ミシガンの古本屋で、棚からとって立ち読みしていたアンソロジー集に、一篇だけ Free Pass というのが載っていた。全身がくすぐったくなって、滑稽《こっけい》なのに悲しくて、ありえないのに鮮やかなリアリティーを備えたその世界に、ぐいっと引き込まれたのだ。だれが翻訳したものか、いまだに判明しないが、大学生のころに原文も読み、照らし合わせてみたら、実にいい英語バージョンだとわかった。

それからのちに、仏英両方を踏まえて自分で和訳を試みたときに、この作品の見事なくすぐったさが、いくつもの「いわずもがなの**if**」によって醸し出されていることが見えてきた。軍の組織の檻《おり》に閉じ込められた一兵卒と、鳥籠《とりかご》に入れられた鳥とを、一見とっぴな「もしも」でつなげ、堂々たる「自由」を織り成している。そしてその「もしも」の言葉の形跡は、全部抜きとられているのだ。

Free Pass

Jacques Prévert

I put my army cap in the cage
and went out with the bird on my head
What's this!
We're not saluting any more
  shouted the Major
No
we're not saluting any more
  said the bird
Ah in that case
excuse me I thought we were saluting
  said the Major

You're excused anyone can make a mistake
said the bird

兵士の自由

ジャック・プレヴェール

ぼくは軍帽を脱いで
鳥籠の中に入れ、鳥を
頭にのせて出かけてみた。
部隊長に会ったら、彼は「どうした!
おまえ、敬礼しないのか!」と怒鳴った。
「そのとーり、もう敬礼なんか
しませんから」と鳥が答えた。
「そうか、そういうことか。おれはてっきり敬礼はするものだと思ってたけど……」
部隊長がそういうと、鳥はこう返したのだ。
「今回は許してやりましょう、だれにでも勘違いってあるからさ」

アメリカのアイダホ州に生まれた詩人ヴァーン・ラツァーラは、一九九四年にとびっきりユーモラスなifに基づいた詩集を出版した。『知られざるスポーツの世界』(*Little-Known Sports*)と題して、「人間が日常生活の中でやっているさまざまな営みがもしもみんなスポーツだったら」と、そんな仮定から着工しているのだ。

とりわけ、眠りを格闘技としてとらえた一篇が面白い。その細部を点検すれば後半のほうに、小型のifと中くらいのifが一個ずつ残ってはいるが、大きなタワークレーンのやつがきれいに外されて、文面には現れてこない。

Sleeping

Vern Rutsala

Though winners are rarely declared, this is an arduous contest similar, some feel, to boxing. This fact can be readily corroborated by simply looking at people who have just awakened. Look at their red and puffy eyes, the disheveled hair, the slow sore movements, and their generally dazed appearance. Occasionally, as well, there are those deep scars running across their cheeks. Clearly, if appearances don't lie, they have been engaged in some damaging and dangerous activity and furthermore have come out the losers. If it's not dangerous — and you still have doubts — why do we hear so often the phrase, He died in his sleep?

睡眠

ヴァーン・ラツァーラ

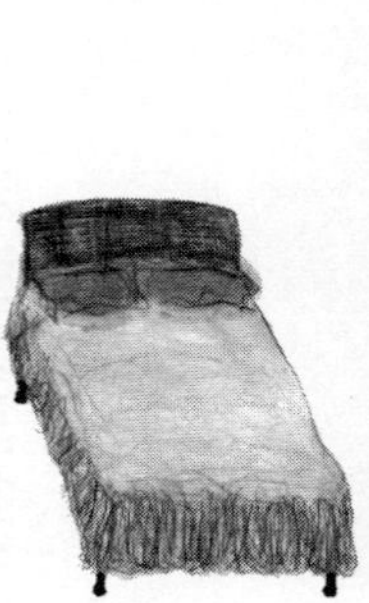

優勝者が高らかに称賛されることは、まずない。けれどこのスポーツの試合には、すさまじいものがある。専門家の間では、よくボクシングに似ているといわれ、その比較がいかに妥当であるか、目覚めたばかりの人間を見れば一目瞭然《りょうぜん》だ。顔が腫《は》れぼったくて目は充血して、髪がぼさぼさに乱れ、体の動きは鈍くて関節が痛み、戦いの連打で意識が朦朧《もうろう》となっている。ときには頬《ほ》っぺたのあたりに、独特の傷跡が刻印されている場合も。選手のそんな様子が、もし真実を物語っているのなら、激しくて危険な競技にいどみ、しかもどちらかといえば敗北を喫した感じだ。「本当にそれほど危険なのか?」とうたぐる者もいるだろうが、彼らはよくよく考えるべきだ——「永遠の眠りにつく」という慣用句に隠されている恐ろしさについて。

トルコの黒海に面した街、トラブゾンに生まれたスナイ・アキンは、日々の生活を題材に、しなやかなファンタジーを紡ぎ出す詩人だ。たとえば、道路脇の排水口の蓋《ふた》のあのグレーチングという鉄格子は、いわれてみればなるほど、コイン投入口みたいな感じもしなくはない。そんな思いつきからスナイ・アキンは、「もしも貯金箱だと思うやつがいたら……そして毎日もしも銭を投入していたら……」と、大海原にまで発想を広げていく。それから**if**をすっかり解体して消し、自分を主人公に据《す》えることで、さらに迫ってくる一篇にできた。

Debt

Sunay Akin

I used to drop my pocket money
into the rain grates by the road
taking them for piggy-banks —
that's why it's the sea
that owes me most

クレジット

スナイ・アキン

道路脇の
雨が流れ込む排水口のあの鉄格子の蓋を
わたしはむかしから
貯金箱だと思っていた。
通るたびに、ポケットから小銭を出してしゃがみ、
スロットに投入して、貯《た》めているつもりだった。
だから今、世界で一番
わたしに借りがあるのは
海のやつだ。

おもてなしの「もしも」

父にぶたれたことは、一度もなかった。そもそも子どもに対してあまり怒らない性格の父だったし、こっちがよっぽどなにか危ないことをやらかせば、瞬間的に怒鳴りはしたが、そのあとすぐ心配に切り替わり、叱るだけで終わる。それもほとんど、やさしくアドバイスするような口調で。

ただ、いま思うと、一種の「体罰」を加えられる場合も、なくはなかった。ぼくがうるさく騒いだり悪戯《いたずら》がすぎたりすれば、父につかまえられて「くすぐりの刑」に処されたのだ。

若いころ画家を目指し、解剖学の勉強に打ち込んだ成果だったのか、それとも生まれながらの勘だったのか、ともかくわが父の指先は瞬時に、人体のくすぐったいツボを探し当てられたのだ。腋《わき》の下であろうと太股《ふともも》であろうと、もちろん膝《ひざ》も一発でやられてしまう。

さらに、こんな歌もときおり、くすぐりにそえられることがあった。

If you are a gentleman,
As I suppose you be,
You'll neither laugh nor smile
At the tickling of your knee.

きみがもし、ほんものの紳士なら
（もちろん、ほんものだと思うけど）
それなら、ぜったい笑いっこない
きっとほほえみもしないよね――
きみのひざを思いっきりくすぐったとしても！

これはメロディーにのせて歌うのではなく、リズミカルに唱える言葉で、マザーグースのnursery rhyme の部類に入る。父はわざと真剣な表情をつくり、もったいぶって、韻を踏むbe と knee の「イー」のライムを強調、そして人体実験でもするような冷徹さで、ぼくの膝にアタックしてくる。そのおかげでくすぐったさが倍増、まったくどうにも耐えられず、即座に「ほんものの紳士」じゃない証拠を示してしまうのだった。

ぼくが十二歳のとき、父はこの世を去って、この「くすぐりの刑」も、急に手の届かない、懐かしい思い出となった。大学生のころ、英語で詩を書こうと日々もがいて、あるとき、If you are a gentleman のあのライムが頭に浮かんだ。調べてみると、いろいろなバリエーションがあり、英国では少なくとも十九世紀半ばから伝わっているとわかった。

伝承されてきたわけは、純粋に楽しいからだが、どのようにして、くすぐったさを増幅させるのか。ひとつには、笑ってはいけない条件を突きつけることで、よけい笑わずにはいられない雰囲気をつくり出す仕組み。

「きっとほほえみもしないよね」といわれると、それだけでも顔をほころばしたくなる。しかし歌の設定そのものにも、おかしみがたっぷり仕込まれているのだ。

なにせ、面識のない相手をつかまえていきなり「きみがもし、ほんものの紳士なら……」

を唱え始めるわけではなく、だいたいわが子か孫か、あるいは甥とか姪とか、親しい間柄の子どもが対象となる。それなのに、改まった感じでgentleman（女の子なら代わりにlady）と呼んだりして、妙な距離をとってお客さま扱いしている。

くすぐったさの倍増装置は、実はそのあたりにひそみ、そんなお客さま扱いの出発点で、キーワードをつとめるのは、しょっぱなの**if**だ。

英語でだれかをもてなす際に**if**は欠かせない。客商売にかかわる人はみんなしょっちゅう口にしている。レストランでもホテルでも、また家に訪ねてきた客に対しても、なにかにつけIf you need anythingだのIf there's anything I can doだのIf you'd like something elseだの、さまざまな選択肢を用意するために絶えず発せられる。同時に、まだ気心の知れない相手をやわらかく探る役割も果たす。

日本語においても同様に、「もしよろしければ」、「もしお時間がゆるすなら」、「もしなにか御用がありましたら」、「もしお口に合いますなら」などなどと、客あしらいに「もしも」はつきものだ。もてなしの基本姿勢を、最も簡潔に示した言葉といってもいいかもしれない。

押しつけるのではなく、決めつけるのでもなく、丁寧に確かめつつ、なるべく限定せずに近づいていく――女将にもコンシェルジュにも通じる心得だ。

『チャタレー夫人の恋人』を作り上げたD・H・ローレンスは、不思議なもてなしの場面を鮮やかに描いた名詩 Maximus も世に出した。そのタイトルはちょっとした謎を孕《はら》み、ローマの新プラトン主義の哲学者マキシマスの名前にちなんでいるが、彼が生きた四世紀のローマ帝国が舞台になっているわけでもない。

ただ、一神教が支配的になった世界に、多様な多神教の風が吹き込んでくることは間違いない。そしてそのメッセンジャーを招き入れ、もてなすために、ローレンスはやはり Come in, if you will と、「もしも」の力を借りているのだ。(英文は p.240)

マキシマス

D・H・ローレンス

神は太陽よりも月よりも古く、

人間の目には見えず、人間の
声では、語ることができないはず。

ところが、見知らぬ男がふいにやってきて
わが家の門によりかかって、それも裸で
腕にマントだけかけて、なにか待っている様子だった。
「もしよかったら、お入りください」とぼくが
声をかけてみると、ゆっくり入ってきて、炉辺《ろへん》に座った。
「あの……お名前は?」と聞くと、彼は
黙ってただじっと見返す。すると、ぼくは
じわっと全身が温かくなって、
うっとりした。ひとりほほえんで
「この人は神」とつぶやいた。
そこで、彼は「ヘルメスだ」と名乗った。

神は太陽よりも月よりも古く、
人間の目には見えず、人間の
声では、語ることができないはずだ。
それでも、いま、わが家の炉辺に
ヘルメスが腰をかけている。

ふいに現れた見知らぬ相手が、「もしかしたら神かもしれない」と思うのは、もてなしの神髄といっていいだろう。少なくとも古代ギリシアでは、その教えが徹底していて、ヘルメスを含めた神々は、よく旅人の恰好でやってくるのだった。

日本語の「人を見たら泥棒と思え」も大切な智恵ではあるが、「人を見たら神である」という可能性の「もしも」を捨てたら、人生がまずしくなること請け合いだ。

アメリカの詩人カール・サンドバーグも、世にもまれな出会いを想像して、最初のバネに **if** を使い、とっぴな「もてなしガイド」を作成した。原題は We Must Be Polite といって、いかにも真面目そうな空気を漂わし、中身とのギャップが笑いを誘う。
その仕掛けが、わが父が唱えた If you are a gentleman のライムと似ていて、サンドバーグは自分の膝にのせることのできない子どもたちまで、言葉だけで一生懸命くすぐろうとしていることがわかる。（英文は p.241）

だれと出会っても失礼のないように

（こどものみなさんのための、やや特殊な場合にだけ役立つお行儀の手引き）

カール・サンドバーグ

その一

もしもゴリラにばったり会ったならば
どうすればいい？　この場合、正しい
話しかけ方は、いちおう、ふたとおりあるでしょう。

きみがもしそうしたいと思うのなら、
まず頭をふかぶかとさげて
うんとていねいに「ゴリラのだんなさま、
ゴリッパでございます」とささやくようにいう。

あるいは、相手のためになると思ったら、
ずばっと話してきかせるもよし。
「あのですね、早いところお帰りになったら」

その二

もしものっしのっしとゾウがやってきて
きみの家のドアに、鼻でノックして「おなかが
すいたんだけど、なにかない？」とたのまれたら
どうすればいい？　この場合もやはり

こたえ方は、ふたとおりあるでしょう。

「わが家には、さめてしまったのこりものしかなくて、でもとなりの家ならきっとゴチソウがいっぱいありますゾウ」というか。

あるいは、こんなふうにもいえますね。

「ジャガイモでしたら少々ありますがお口に合いますか？　どのくらいめしあがります？朝ごはんに百キロほどで足りますかぁ！」

サンドバーグがこの詩を綴った時代から、半世紀以上が流れ、環境破壊は劇的に進んだ。人間がゴリラやゾウに「早いところお帰りになったら」といっても、いまや帰るべき自然が残っている保証はまるでない。

万物を「資源」と見なし、意のままに使い、汚して壊して地球を支配することは、否応《いやおう》なしに「主」の立場になるということ。つまり、おのずとほかの生き物をもてなす側に立つことなのだ。

押しつけるのではなく、決めつけるのでもなく、うまく共存できる形でぼくらは自然を、もてなす生活に切り替える必要がある。もしそうしなかったら、ゴリラにもゾウにも永遠に出会えなくなる。

絶滅の足音が聞こえる現在、「だれと出会っても失礼のないように」のタイトルも、思わぬ切迫感を帯びている。

「イフ」堂々

新幹線に乗っていると、車内放送で「乗り換えのご案内」が流れてくる。だいたい停車する数分前、次の駅の何番線からどこどこ行きが何時に発車となるかを、車掌が丁寧に教えてくれる。東海道新幹線で京都を通る際、ぼくはいつもその案内にそそられ、用もないのに乗り換えてみたくなるのだ。

「東舞鶴《ひがしまいづる》行きは……」と聞こえさえすれば、その地名の磁力に袖《そで》をひかれている錯覚を起こす。そして耳の奥で、ひとりでに「港の名前は舞鶴なのになぜ飛んで来てはくれぬのじゃ……」と、歌手の二葉百合子《ふたばゆりこ》の声がこだまする。ぼくは実際、まだ舞鶴を訪ねたことがなく、ただ「岸壁の母」の歌を口ずさみながらそのまま新大阪へと進んだり、あるいは東京方

面へ進んだりする。

母は来ました　今日も来た
この岸壁に　今日も来た
とどかぬ願いと　知りながら
もしやもしやに　もしやもしやに
ひかされて

こう始まる「岸壁の母」に、ぼくが最初に出合ったのは、短歌の師匠の家にお邪魔に上がったときだ。たしか、自分の母親のことを詠《よ》んだ腰折《こしお》れを一首、師匠に見せて、そこから話が「母物」へと広がり、日本の歌謡浪曲にまで及んだ。そして肝《きも》っ玉母さん風の和服姿の女性がでんとカバーに構えているレコードが、どこからか出てきて、居間のレコードプレーヤーにかけられた。二葉百合子の歌う、藤田まさと作詞、平川浪竜《なみりゅう》作曲の「岸壁の母」。

一兵士として大陸へ渡った息子が、いつかは引揚船《ひきあげせん》に乗って帰ってきてくれると信じて、港の岸壁に立って毎回かすかな希望を持ち続け、毎回それがむなしく、最後の乗客が降りてきても息子は現れない——。

そんな物語にひきこまれて聴き入ったのだ。けれど本当のところ、ぼくがいちばん驚き、すっかり魅了されたのは、日本語の細部の「もしや」の使い方だった。

「もしやもしやに　もしやもしやに　ひかされて」

日本語学校ではむかし、「もし」も「もしも」も「もしや」もみな「副詞」の部類に入ると覚えた。活用はせず、主語にはならず、修飾語として用いられると教わった。その通りに理解して、ぼくは副詞としてずっと使っていたが、「岸壁の母」を聴いたら「もしや」には名詞のような、主語のような存在感があり、人間を動かす力がたっぷり宿っているではないか。歌詞の繰り返しによって、「もしや」が実体を帯びて立ち上がり、主人公の「母」はそれに「ひかされて」港にやってくる。

ただ単に「ひかれて」ではなく、「ひかされて」いるところにも、ぼくは「もしや」の引力を感じ、よけいなにか物質的な重みが備わっているように思えた。

師匠から、そのレコードの歌詞を印刷したライナーノートだけ借りて、自分の部屋に戻ってから読み直して、ちょっと英訳も試みた。すると、突如として鍋やフライパンがいっぱい思い浮かんできて、脳内がにぎやかになった。

英語にも、接続詞の**if**をまるで名詞のように、肉づけして一種の物体と見なした表現がいろいろある。そんな中でも、鍋類と**if**をシュールにひっかけた言葉遊び歌が、むかしから語りつがれている。英米人ならだれでも耳にしたことがあるはずだ。

If ifs and ands
were pots and pans,
there'd be no work
for tinkers' hands.

もし、「もしも」や「そして」が
鍋だのフライパンだのに化けたなら、世の中には
台所用品があふれかえり、鍋を修理する
鋳掛《いか》け屋さんは、商売あがったりだろうな。

言葉というのは軽いもので、どいつもこいつもたやすく「もしも」とか「そして」を使って、あることないこと並べて語るけれど、そのほとんどは実現せず、ただの言葉のままで終わる。人びとがもっともらしく口にする仮定的な話が、もし鍋という形で実際に出現したら、鍋類は世界的に供給過多になること請け合いだ。

つまり、想像を膨らませて仮にいろんなことがいえる**if**という語は、幻みたいでまったく当てにならないと、ことわざを兼ねた言葉遊び歌は諭《さと》している。ところが、「鍋だのフライパンだの」の比喩《ひゆ》が生活に根ざし、滑稽味《こっけいみ》もあり、それによって**if**が具体的な存在として浮かびあがってくる。そこには愉快な逆効果が潜み、歌を覚えてしまうと、台所に「もしも」

がごろごろしているように感じられる。

今まで多くの詩人が**if**を立体的に、手に取れるように描いて読者に手わたそうとしてきた。「もしやもしやに　もしやもしやに」と同様に、繰り返して積み重ねる方法で**if**の具体化をはかるのが、スタンダードなやり方だ。それでも足りない場合は、反復の奥の手として、タイトルに据えることもある。英語で書かれた文学を見わたせば**if**と題した詩歌は、玉石混淆ではあるが決して少なくない。

ひょっとしたら、『ジャングル・ブック』の生みの親、ラドヤード・キップリングが綴った**if**の詩が、いちばんの力作といえるか。教訓臭い内容にもかかわらず、語りのうまさで読者を飽きさせず、抽象的であっても本人の豊かな人生経験がすべてを裏打ちしていることがわかる。和訳していて、ぼくは宮澤賢治を思い出し、もちろん二人の基本姿勢もスタイルも異なるが、理想とする人間像に共通点を感じた。キップリングの**if**の詩が、「雨ニモマケズ」の「ますらおバージョン」に当たるといったら、あながち的外れでもない気がする。

(英文は p.244)

もし

ラドヤード・キップリング

もし、きみが落ち着いて行動できるなら――
たとえまわりの人間がみんなパニックに陥って
きみに非難を浴びせたとしても――
もし、きみの力を信じる者がいなくても
自分だけを信じて進んでいけるのなら――
同時に過信しないで、自分を疑い続けられるなら――
もし、延々待たなければならないときでも
待ちくたびれることなく、たとえ陰で悪口やウソを
いわれても、それを返さず、ウソの売り買いにとりあわず、
もし、人に嫌われようとも、人を嫌うことなく、
また八方美人を演じないで、生意気な口も

利《き》かずに歩んでいけるのなら――
もし、夢を一生懸命追いかけながらも
夢に支配されずに生きていけるのなら――
もし、常にものごとを深く考え、でも
考えるだけで終わりにしてしまわないのなら――
もし、勝利の女神がほほえんでくれても
災難が降ってきたとしても、そのどちらも真に受けず、
当てにならない相手として等しくつきあえるのなら――
もし、自分が発した真実の言葉が、ずるい連中に
歪曲《わいきょく》され、人をひっかける罠《わな》に使われたとしても、
一生をかけて作り上げてきたものが無残に壊されても
古い道具を手にとり、もう一度ゼロから
こつこつ建てなおしていけるのなら――

もし、自分がそれまでに勝ちとったものすべてを
一回のコイン投げの運に賭けることができるなら――
そしてそれが外れたとき、初心に返り再出発して
自分の損失に一切、一言も触れずにいられるなら――
もし、心臓も神経も筋肉も衰えたのち、精神力だけで
体を奮《ふる》い立たせ働かせることができるのなら――
もし、持ちこたえられる力などどこにもないのに、
「持ちこたえるんだ！」という意志が
あきらめを知らずにねばってくれるのなら――

もし、群集を相手に演説をぶつ身となったとしても
俗物になりさがることなく、国王や皇太子と交際しても
庶民の感覚をずっと持ち続けることができるなら――
もし、敵にも、愛する友にも、すきを見せず
深手を負うことなく触れあっていけるのなら――

もし、すべての人間の価値を認めた上で、かたよらず、
だれも買いかぶらずに見極めることができるのなら――
もし、情け容赦《ようしゃ》のない時間の流れの中で、一分一分を
その六十秒いっぱい全力疾走できるのなら――
それなら
この地球は丸ごと
きみのものだ。
そして息子よ、そうなったら
きみは一人前の男といえるのだ。

ifと題した数々の詩の中で、キップリングのものと対極にあって最もたわいないのは、アメリカの詩人ジョン・ケンドリック・バングスの四行詩だろう。一八六二年生まれの彼は、キップリングとは三歳しか違わず、またキップリングの作品でお馴染《なじ》みの象も登場させている。けれど、バングスの打ち立てている**if**の軽さは、まったく別ものだ。

If

John Kendrick Bangs

If I had a trunk like a big elephant,
’T would be lovely; for then I’d be able
To reach all the sugar and things that I can’t
Reach now, when I eat at the table!

もし

ジョン・ケンドリック・バングス

もしぼくに、でっかい象みたいな鼻があったなら
きっとすばらしいことになるぞ。ぼくの手の届かない

ところにいつもおいてある砂糖とか、そんな甘いものを
おとなしく座ったままでパッとつかみとれちゃうんだ！

II

恋する「もしも」

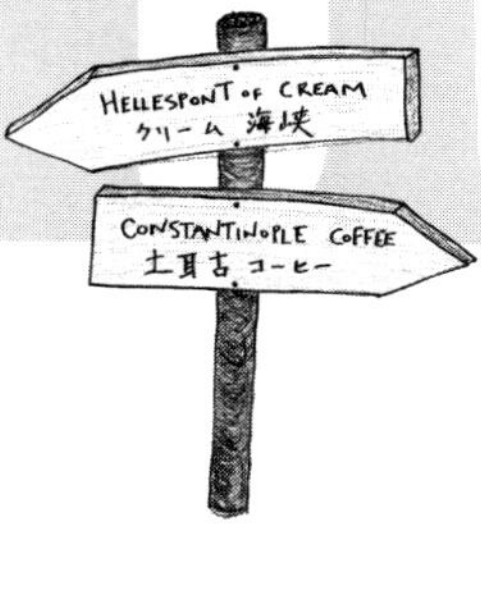
HELLESPONT OF CREAM
クリーム 海峡
CONSTANTINOPLE COFFEE
土耳古 コーヒー

なれ初めの「もしも」

もし「もしも」がなかったら、ぼくらはこの世に生まれてこなかったかもしれない。

ま、英語の中で生まれ育ったぼく自身の場合は、もしifがなかったら、という話になるが。

つまり、ひとりの女性とひとりの男性が接近して恋が芽生え、肉体的に結ばれて子をもうけるところまで到達するためには、かならず「もしも」が必要なのではないか。

たとえ一目ぼれであっても、「もしも」相手がこっちのことを気に入ってくれたなら……と想像して、近寄っていったり声をかけたりする。あるいはなんとなく想っている相手なら、「もしも」いっしょになったらどんな感じかな、とイマジネーションの中でシミュレー

ションした上で、関係を深めていくかどうか決める。どんな恋愛も、その過程の要所要所で「もしも」が使われ、互いの「仮にそうなったら」のハードルをこえて初めて結ばれる。

いや、べつに恋愛結婚でなくても、見合いから始まる近づきでも、「もしも」の思考の連続だろう。また、親が強引に縁談をおしすすめようとしている場合でも、猛烈にわが子の結婚にノーを突きつけようとしている場合でも、そこには「もしも」が渦巻いているのだ。

親の「もしも」と、本人たちのそれと、イメージがかみ合わないから衝突が起きるといってもいいか。

わが母が、両親の反対に負けないで自分の**if**の道を突きすすみ、わが父も自分の**if**をあきらめなかったおかげで、ミシガンの一隅《いちぐう》にぼくが生まれ落ちることができたわけだ。

シェイクスピアは、だれよりも恋愛の仕組みと力学について考え、「もしも」の役割がいかに大きいか、しっかり認識していたようだ。なにせその恋愛悲劇の主人公たち、ロミオとジュリエットのなれ初めが、まさに「もしも」から始まる。

モンタギュー家の坊ちゃんロミオが、キャピュレット家のパーティーに忍び込み、その家の大事なひとり娘ジュリエットを目撃。即座にラブの化学反応が起こり、ふたりが急接近するが、いちばん初めにロミオがジュリエットにかける言葉は**if**だ。自分の手で、彼女の手に触れ、すべてが「もしも」の挨拶から出発。

Romeo If I profane with my unworthiest hand
This holy shrine, the gentle sin is this;
My lips, two blushing pilgrims, ready stand
To smooth that rough touch with a tender kiss.

Juliet Good pilgrim, you do wrong your hand too much,
Which mannerly devotion shows in this;
For saints have hands that pilgrims' hands do touch,
And palm to palm is holy palmers' kiss.

Romeo Have not saints lips, and holy palmers too?

Juliet Ay, pilgrim, lips that they must use in prayer.

Romeo O! Then, dear saint, let lips do what hands do;

They pray, Grant thou, lest faith turn to despair.

Juliet Saints do not move, though grant for prayers' sake.

Romeo Then move not, while my prayers' effect I take.

ロミオ　もしも、このぼくのガサツな手が
清らかなる祭壇のようなそなたの手を
汚してしまったら、どうかお許しください。
恥じ入って赤面する信者として、ぼくの唇は
キスでふたたび清めて、手の罪を償《つぐな》います。

ジュリエット　信心深い巡礼者、あなたは自分自身の
手に対して、少し厳しすぎませんか？
ちゃんとおつとめを果たしておられるようですし
高潔な聖人でも、手をのばして巡礼にきた人びとを

歓迎するでしょ？　手と手の触れ合いが
まさに巡礼の神聖なキスといえます。

ロミオ
とはいえ、同じ聖人は唇も
持ち合わせているではありませんか。

ジュリエット
それはそうです。けれどその唇は
祈りをささげることに専念しないといけません。

ロミオ
それなら、祈りの一環として
手と同じように、触れ合ってもよいのでは？
ぼくの唇の巡礼者は、触れ合いを切に願っていて
かなわないとなれば、信心が
絶望に変わってしまうのかもしれません。

ジュリエット　まあ、聖人の立場上、自らすすんで
そうはできませんけれど、巡礼者のねんごろな
祈りに、おこたえすることはありうるのかも。

ロミオ　ならばそのままじっと、ぼくの祈りに
耳をすまして、おこたえを、お願い。

『ロミオとジュリエット』の悲しい結末をあらかじめ知っていても、この第一幕第五場のなれ初めの場面はほほえましく、色っぽく愉快で、わくわくしてくる。何度読んでも、何度観劇しても、今度こそどうにかすり抜けて幸せに暮らしていけるんじゃないかと、ちょっと信じたくなる。恋の始まりの「もしも」には、絶望をも跳ね返そうとする未知数が、含まれているのだ。

一九四三年、アメリカのミネソタ州に生まれた詩人ビル・ホルムは、明るい未知数に満ち

た作品を綴ってきた。人生をダンスにたとえた恋歌「アドバイス」では、将来の展望を大きく広げているが、「もしもいっしょに踊らずじまいだと」と、なんにも生まれない結末の可能性も残している。あらためて読みなおし、「もしもロミオとジュリエットが言葉を交わさずじまいだったら……」と、ぼくは考えてしまった。

Advice

Bill Holm

Someone dancing inside us
has learned only a few steps:
the “Do-Your-Work” in 4/4 time,
the “What-Do-You-Expect” Waltz.
He hasn’t noticed yet the woman
standing away from the lamp,

the one with black eyes
who knows the rumba.
and strange steps in jumpy rhythms
from the mountains of Bulgaria.
If they dance together,
something unexpected will happen;
If they don't, the next world
will be a lot like this one.

アドバイス

ビル・ホルム

ぼくらの中にひそむ誰かが
ろくな踊りを身につけてこなかった。

彼のレパートリーといったら、四分の四拍子の
「働け働けステップ」と、それから
「しかたないしかたないワルツ」、
そんなものくらいしか覚えてこなかったのだ。
誰かサンは、まだ気づいていないけれど、
明かりから少し離れて
黒目がちの女性がひとり立っている。
彼女はルンバが得意で
ブルガリアの山間部に伝わる
狂おしいリズムで跳びはねるダンスも
ばっちりできるのだ。
もしも、ふたりがペアを組んで踊れば
なにか思いがけないことが
起こるかもしれない。でも
もしもいっしょに踊らずじまいだと

未来はいま現在と、そうはかわり映えしないのだろう。

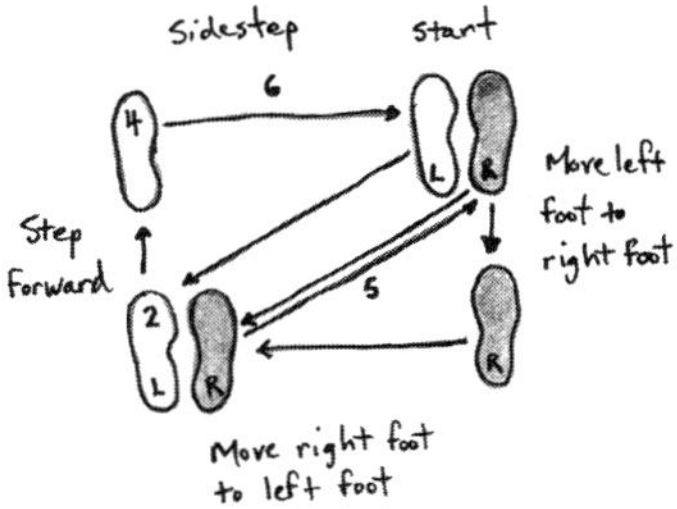

もしも、モテたら

　よれよれのバックパックを背負って春の日の午後、ミラノ駅で列車に乗り込んだ。ジェノバ駅をすぎてからは、夕焼けの地中海の波が車窓いっぱいに輝き、そのまま国境を越えてフランスに入った。

　深夜のマルセイユ駅に停まって時間調整している間、ぼくは窓から頭を出し、ホームで静かに唄うセネガル人らしき三人組の声に耳を澄ましていた。列車はリヨン湾に沿って西へ進み、夜が明けてきたころにはまた国境を越え、スペインに入った。

　やがてバルセロナ駅に着いて、下車したい衝動をぐっと抑え、終点のマドリード駅までねばった。予定時刻よりだいぶ遅れての到着で、日がもう傾いていた。

少なくなってきたドル資金を数えて、二十ドル札を一枚だけ両替し、公衆電話からマドリードの友人ミゲルに連絡を入れた。ちょうど仕事が一段落したところだったらしく、迎えにきてくれることになった。駅前広場で落ち合って、街をとぼとぼと歩き、彼の行きつけの飲み屋まで。

ミゲルが顔なじみであるがゆえに、注文した品以外にもまわりの客たちのテーブルから「おこぼれ」がめぐってきて、思いも寄らない晩餐《ばんさん》にありついた。あまりがつがつ平らげないように、でもやはりがつがつ食べながら、貧乏旅行の事情を話すと、ミゲルはサングリアをひと口すすって、こんな一席をぶった。

ひもじい思いをしている者のところへ、食い物はなかなか転がり込んでこない。逆に、ご馳走《ちそう》がありあまっているヤツのもとへは、さらなるご馳走が次々と、ひとりでにやってくるようなものだ。では、ひもじい者はいったいどうしたらいいか？

スペインの民話にはこんな智恵がある。

むかし、事業に失敗して一文無しになった男がいて、マドリードのほうぼうで仕事を探しても見つからず、食いはぐれていた。でも、ひもじそうな顔をしていると、みんなが自分を敬遠し、ますます困窮してしまいかねないと、彼は気づいていた。

そこで、夜がくるのを待って出かけ、いちばん繁盛しているレストランにそっと入る。まず端《はし》っこの空いているテーブルで、ほかの客が残したパンくずをさっとかき集めて、自分の袖や胸にふりかけておく。それから爪楊枝《つまようじ》をくわえて、少し歯の掃除をするふりをして、腹を軽くたたき、無理してげっぷも出す。いかにも満腹というオーラを発しながら、爪楊枝をくわえたままほほえみ、団体客が酒盛りをやっているテーブルへ近づき、すっかりできあがっている一人と世間話を始める。

相手に「一杯やりますか」とワインをすすめられ、「いやあ、もう、ずいぶん飲んだからなぁ」と首を横に振り、「まあまあ、そういわずに」と一杯つがれて、飲み出す。おっつけ料理も回ってきて、男はまるで興味がない風を装い、それでも着実に空腹を満たしていく。だんだんと、本物のげっぷが自然と出るようになるのだ。

いま思えば、ミゲルからむかし教わったこの話は、のちに覚えた日本語の「武士は食わねど高楊枝」とつながり、ものの見事に同じ発想だ。ただ、マドリードのひもじい男は、「高楊枝」をご馳走にありつくための演技として積極的に生かしていて、そのあたりにスペインの特徴があるといえるか。あるいは、もしかして日本にも、満腹を装ったパフォーマンスで、どうにか空腹を満たしていた貧乏な武士がいた可能性があるか。

人間が食っていくという課題のみならず、恋していくことに関しても、似たような力学が働くのではと思ったりもする。

つまり、恋に飢えている者のところへ、恋人はなかなか転がり込んでいかない。逆に、恋がありあまっているヤツのもとへは、さらなる恋人が次々とやってくるものだ。

では、恋に飢えている者はいったいどうしたらいいか？

「恋愛高楊枝作戦」でまわりを油断させるのは、ひとつの手かもしれない。どんなに満たされない心と体であっても、楽しく満ち足りているような顔をして、なにげなくやわらかくアタックしていく。ま、食事より色事のほうが遥《はる》かに複雑なので、失敗の確率もその分、高い気もするけれど。

表現力を駆使して、からっきしモテない自分を俎《まないた》にのせ、恋に飢える苦しみを逆手にとって作品をつくることもできる。これも、ある種の余裕を醸し出すことにはつながる。だが、そもそも、自分を客観的にとらえるための余裕を見出さなければ始まらない。そこで重宝するのは**if**の力である。

もしも、今の現状と違って、いい出会いがあったなら……それとも、もしも、このまま厳しいヒデリがつづき、いつまで経っても結ばれずに年ばかり食ったなら……さまざまなシナリオに、「もしも」の投影機で自分を置いてみることによって、少し距離がとれるはずだ。

ぼくの知る限りでは、古今東西の詩人の中で、モテない自分を最もおもしろく魅力的に描いたのは、山之口貘《やまのくちばく》だ。沖縄に生まれ育ち、東京へ出てきて、辛酸《しんさん》をなめながらその辛酸をもとに、輝かしい文学を作り上げた。しかも「もしも」を、日本の詩人のだれよりも効果的に使った。「若《も》しも」と漢字で表記しながら――。(英訳は p.247)

若しも女を摑《つか》んだら

山之口貘

若しも女を摑んだら
丸ビルの屋上や煙突のてつぺんのやうな高い位置によぢのぼつて
大声を張りあげたいのである
つかんだ

つかんだ

つかんだあ　と張りあげたいのである
摑んだ女がくたばるまで打ち振つて
街の横づらめがけて投げつけたいのである
僕にも女が摑めるのであるといふ
たつたそれだけの
人並のことではあるのだが。

蛇足《だそく》になるかもしれないが、山之口貘はすてきな女性と結婚して、娘に恵まれ、父親として、そのかわいいミミコが登場する愉快な作品も多く生み出した。愛する家族を残し、一九六三年に亡くなった。

もし「若しも女を摑んだら」に登場する「僕」が、詩歌における「モテない男」の代表選手だとするならば、さて「モテる男」の代表選手はだれなのか。

当然ロマン派の中には、派手な恋愛歴を積んで一人称の色男として詩を綴った連中がいて、候補者には事欠かないが、ぼくはむしろD・H・ローレンスがピカイチじゃないかと思う。恋愛を題材に、経験がなければ書けない心理描写をたくさん打ち出している。のみならず、突き詰めていくと恋愛関係そのものが崩壊しかねないという、情の機微《きび》の奥の点検にも、彼は挑むのだ。

モテる男の特権をただ器用に利用するのではなく、モテる男のそもそもの根拠を疑い、その立場が危うくなるくらいの突っ込んだ分析も敢行して、詩にした。そんな作業の中で**if**は大事な役割を果たす。一読では理屈っぽい印象だが、読み込んでみれば、それは常識の理屈を引っぺがすための、理にかなったナイフのような**if**だとわかる。

To Women, As Far As I'm Concerned

D. H. Lawrence

The feelings I don't have I don't have.
The feelings I don't have, I won't say I have.
The feelings you say you have, you don't have.
The feelings you would like us both to have, we neither of us have.
The feelings people ought to have, they never have.
If people say they've got feelings, you may be pretty sure they haven't got them.
So if you want either of us to feel anything at all
you'd better abandon all idea of feelings altogether.

女性のみなさんに、言わせてもらえるなら

D・H・ローレンス

ぼくの心にないものは
どうしたって、ぼくの心にはない。
心にないのに、そんな感情が
ぼくにあるとは言えない。
きみが心に抱《いだ》いていると言う
その感情は、本当はないはずだ。
ふたりが本当に互いに抱いていたらいいと
きみが思う理想の感情も
実はふたりとも抱いていないのだ。
しょせん人間は、持つべき感情を
ちゃんと持ち合わせたためしがない。

もし、自らの感情をもっともらしく
語る人がいたら、それはだいたい
心にないことを言っているにすぎない。
そしてもし、きみとぼくと互いに
なにか感情らしきものを抱いてほしいと
きみが思うのであれば、まずそんな
感情の発想自体をさっさと
捨ててしまうことだ。

ローレンスのこの作品を、ぼくは大学一年生のときに読んで、詩として成立していることに驚愕《きょうがく》してしまった。屁理屈《へりくつ》をここまでこねていけば、読者も「まいった！」と納得させられてしまうのかと、最初はローレンスを否定しようとした。が、本気になって読み込んだら、それこそ途中でこっちが「まいって」、名詩として認めざるを得なかった。やはり、当時の自分は読解力があっても、恋愛経験が浅かったのだろう。

格闘してみて、自分が逆にねじ伏せられた作品として、この To Women, As Far As I'm Concerned はとりわけ印象深かった。「理」と「情」の調合から立ちのぼる匂いには、ローレンスならではの境地があると思っていた。

ところが、来日して日本語を学び出し、何年か経ってから古典文学にも挑戦しようとして、『古今和歌集』からひもといた。長々と綴られている散文よりも、三十一文字《みそひともじ》で完結する和歌の一首ずつなら、少しのみ込めるかという算段からだった。ゆっくり、辞書と首っ引きで読んでいき、やがて「恋歌」の巻に分け入ってみると、ローレンスの「女性のみなさんに、言わせてもらえるなら」の記憶が、ところどころでよみがえってくるのだった。

どうやら平安歌人たちとローレンスとでは、「理」と「情」の調合の仕方に共通点があるらしく、作品から立ちのぼる匂いが似ているように思えた。一首一首の突っ込みの深度は違うし、古今集のほうが湿っぽい感じもするが、たとえば「伊勢」のこの「題しらず」の歌は、ローレンス的思考回路への入り口みたいに読める。恋愛関係の出口戦略を題材にした作品ではあるけれど。

人知《ひとし》れずたえなましかばわびつつもなき名《な》ぞとだに言《い》はましものを

ふたりの恋愛が空中分解してダメになり、それは悲しいけれど、もしまわりのだれにも知られていない仲だったならば、もともとあれは幻想、ありえない関係だったと言い、ごまかしようはあったのになぁ……と、歌をほぐして無駄話の口調にすれば、意味はそんなところか。

「よみ人しらず」の恋歌の中には、もっとローレンスの嗅覚に近いものがある。次の「月夜」の一首だ。

月夜《つきよ》よし夜《よ》よしと人《ひと》につげやらば来《こ》てふに似《に》たり待《ま》たずしもあらず

月はきれいですよ、とても気持ちのいい夜なのよと、もしあの人に伝えたら、きっと「来てちょうだい」と、こっちが誘っているように思われるに違いない……ま、来て欲しいと思っていないわけでもないけれど……この作品も、伊勢の歌同様、口語に置き換えようとすると、「もし」が必要になる。歌人は「つげやらば」と想定して、自分の心理をそのスクリーンに投影し、客観的に読み解こうとしている。英訳も、とても**if**抜きにはできず、開口一番に出てくる流れが結局、原作に寄り添う形だ。

If I told him, “The moon is beautiful
and the air so serene tonight,”
he’d think it was an invitation.
Of course, it’s not that
I wouldn’t be waiting.

もしも愛しちゃったら、もしも会えなかったら

畑仕事を少し手伝うことがある。たまに、ほんの少しだが。
九州にも中国地方にも関西にも、畑と田圃《たんぼ》で日々汗を流している友人がいて、会いに行くチャンスを見つけては、いっしょに土にまみれる。
大豆を植えたり、雑草をむしったり大根を引き抜いたりしていると、ぼくはひとつ、英語の古いことわざを思い浮かべる。まるで牛がいったん飲み込んだ草の塊《かたまり》を、第一胃から口に戻して反芻《はんすう》するみたいに、長いこと消化し切れずに抱えているそのことわざを、再び噛《か》みしめてみる。

"If you would be happy for a week take a wife;
if you would be happy for a month kill a pig;
but if you would be happy all your life plant a garden."

もし一週間ほど幸せに暮らしたかったら、嫁をもらうがいい。
もし一か月ほど幸せに暮らしたかったら、豚を殺して肉にするがいい。
もし一生ずっと幸せに暮らしたかったら、畑を耕して種を植えるがいい。

十七世紀から伝わっている言葉だが、遺伝子組み換え作物による食料支配の足音が聞こえるこの二十一世紀には、最後の「畑を耕して種を植えるがいい」が切迫感を帯びて、よけいうなずける。国を問わず、日々の糧《かて》を自らの手で育てつづけることが、持続可能な幸福の基本形といえよう。

しかしそれに比べて、結婚生活の「幸せ」の短命なこと！

結婚する前、ぼくは出だしの「もし一週間ほど幸せに暮らしたかったら」については、あまり深く考えたことがなかった。ま、人間の心の熱しやすく冷めやすいことを指摘しているのか、もしかして飽きっぽい二人が結ばれた場合、肉体的な興味が一週間かそこらで薄れるのかと思った程度だった。

けれど、いざ自分が身を固めてみると、ことわざの重大な矛盾に気づいた。畑というのは、一回だけ耕して種を植えておけば、それで「一生ずっと」支えてくれるわけではない。種蒔《たねま》きと畝立《うねた》てと雑草とりもして、ケアを怠《おこた》らずに注意を払い、常に畑を大切にするから、いっしょに「一生ずっと幸せに」歩んでいける。

ならば、結婚生活も同じではないか。「嫁をもらう」と「一週間ほど」で幸せが果てるなんて、やりっぱなしの怠惰《たいだ》と無関心が原因に違いない。

あるいは、ひょっとしてそんな戒《いまし》めを含んでいることわざなのか。つまり「もしずっと幸せに暮らしたかったら」、結婚生活もほかの人間関係も仕事も、「畑を耕して種を植える」のと同じくらい根気強く、注意深く続けるがいいと、そんなメッセージを送っているようにもとれる。と考えれば、果たして自分が今、十分に手間ひまをかけて結婚生活を耕しているのか……。

恋も愛も、横恋慕《よこれんぼ》も、いつも「もしも」から始まる。「この人といっしょなら」という想像がふくらみ、そして会えないときは「もし今会えたら」と思い焦《こ》がれるのだ。恋愛をうたった詩でも、当然の帰結として**if**の表現が多用される。

一八八七年にセント・ルイスに生まれた女性詩人マリアン・ムーアは、機知に富んだ濃密な作品で名声をはせ、恋愛詩といえるものはそれほど書かなかった。ただ、男の船員の身になって、恋焦がれる思いをうたった短いものが一篇、残されている。

The Sentimentalist

Marianne Moore

Sometimes in a rough beam sea,
When the waves are running high,
I gaze about for a sight of the land,
Then sing, glancing up at the sky,

"Here's to the girl I love,
And I wish that she were nigh,
If drinking beer would bring her here
I'd drink the ship's hold dry."

センチメンタルな船員

マリアン・ムーア

海が荒れて、大きくうねる横波に
この船がもてあそばれているとき、ぼくは
遠くを見つめて、陸の手がかりをさがす。
そして空を見上げ、ひとり歌うのだ。
「恋しいあの子に乾杯！　今すぐ彼女に会いたい。
もしもビールの一気呑《の》みでもって、彼女をここへ

手繰《たぐ》りよせられるものなら、ぼくは船底の
積み荷の樽《たる》をぐいぐい、片っ端から呑み干すのになぁ！」

読み終わってから冷静に考えれば、この船員は結果的に、ただビールを浴びるほど呑んで前後不覚になっているだけのことかもしれない。でも**if**の力によって、それが感傷的で愉快な広がりを抱え込んでいる。

好きな相手がそばにいるのに、「もしも離れていたなら」と仮定しておいて、詩をそんな「恋慕増殖装置」にかけることもできる。

十七世紀初頭にイギリスの詩人ジョン・デービーズは、世界きっての要衝《ようしょう》であるダーダネルス海峡をそのように使い、愛する女をmistressと呼び、攻め落とそうとした。二十世紀の「シュールレアリスム宣言」よりずっと早いシュールな一篇で、もちろん**if**から飛び込むイマジネーションの展開だ。（英文はp.250）

もしもクリームの海峡が

ジョン・デービーズ・オブ・ヘレフォード

しぼりたてのミルクのように色白なきみと
ぼくとの間に、もしもクリームの海峡が波打って
広がっていたら、ぼくは必ず飛び込んで
きみのもとへバシャバシャ泳いで渡る。
ギリシア神話で有名なあのレアンドロス、
彼は毎夜、ダーダネルス海峡を泳いで渡り、
恋人と逢引《あいびき》していた。
レアンドロスに負けないぼくの愛を
内外に、はっきり示そう。
クリーム海峡の途中にバターたっぷりの

アップルパイが流れてきたら、それを舟にして
漕《こ》いでいこう、転覆しないように、船酔いも
ものともせずに。昼でも夜でも必死に漕ぎ、もし
嵐に遭遇して、砂糖の雪と木の実のあられが
降るようなことがあっても、ぼくはめげない。
ホットケーキを探し当て、それを歩み板に
パイ舟をおりて、ついにきみの埠頭《ふとう》へ。
どこかにタバコの積荷でもあれば、くゆらして体を
すっかり乾かし、それから、ね、寝るとしようか。

恋愛は常に社会の圧力を受け、また、宗教と対立状態にあることが多い。一神教は、とりわけ性欲を目の敵《かたき》にして取り締まろうとするが、突きつめていけばそれは、だいたい矛盾だらけのでたらめドグマだ。一七七九年にダブリンに生まれた詩人トマス・ムーアは、クリスチャンのそんな禁欲教義を逆手に取り、口説きのために巧みに使った作品を書いた。

An Argument

Thomas Moore

I've oft been told by learned friars,
That wishing and the crime are one,
And Heaven punishes desires
As much as if the deed were done.

If wishing damns us, you and I
Are damned to all our heart's content;
Come, then, at least we may enjoy
Some pleasure for our punishment!

ひとつの主張

トマス・ムーア

「みだらなことは、想像しただけでも罪になる」
と宗教家はよくいう。つまりもんもんともがいて
我慢しても、あるいは行動に移しても、
結局は天罰を受けるわけだ。

どっちみちそうなるならば、ぼくも
きみも、裁かれるのは目に見えている。
だったら、心ゆくまで味わおうではないか、
その天罰にちゃんと見合う、せめてもの快楽を!

米国ジョージア州の田舎に一九四二年に生まれ、ずっと畑仕事をしながら地元でブルースを唄ってきたプレシャス・ブライアントというシンガーソングライターがいる。彼女の代表作に“If You Don't Love Me, Would You Fool Me Good?”と題した曲があり、訳せば「もしわたしをほんとに愛してないのなら、せめてうまくだましてちょうだい」となるか。さほど悲しくもなく、むしろ力強く唄っているプレシャスの声に聴きほれて、恋愛の化かし合いをしみじみ思う。

あのことわざの「もし一生ずっと幸せに暮らしたかったら」のためには、達観することもやはり必要だろう。

もしもマンゴー

夕方、商店街へ買い物に出かけ、行きつけの八百屋の前に立ち止まった。柑橘類《かんきつるい》が食べたくて、甘夏にするかデコポンにするか、それとも沖縄県産のタンカンがいいかと物色していたら、珍しい色の果物が目についた。店の奥のほうの、一段と高くなっている棚に、鎮座していた。

イチゴよりも深い真紅の地に、菖蒲色《しょうぶいろ》がちらちらしている感じか。やや扁平《へんぺい》な楕円形《だえんけい》という形から推測すれば、それはマンゴーだろうが、ついぞ見たことのない色のマンゴーだ。

そしてさらに瞳《ひとみ》を凝らせば、ついぞ見たことのないような値札もついているではないか。

「一個で二三〇〇円もするの！　それってなんですか？」と、親父《おやじ》さんに聞いた。

鹿児島県産のマンゴーだった。親父さんいわく、「宮崎県産のもののほうが、話題になることが多いけど、どっちも品物がいい。ただ、あまりにも高くてね、じつは俺も食べたことがないんだ。こうして売ってるのに」。

ぼくはそのとき、甘夏とキウイだけ買って帰った。が、ぽーっと発光しているようなあのマンゴーが気になり、妻にも話して「一度は食べてみたいね」ということになった。

数日後、また八百屋へ寄ったら、親父さんは笑って「こないだマンゴーの話をしてただろ。あのあと、なんだか気になってさ、食べたことないのに売ってるのも変だし、そこで一個を、うちのかみさんと分けて食べたんだ。うまいのうまくないの！　やっぱりバカ高いだけのことはあるなぁ」と話しかけてきた。

「いやぁ、実はわが家でもその話題で盛り上がって、こっちのかみさんも食べたいといったし、今日はそんなマンゴーを求めにきたんだ」

ぼくがそういうと、親父さんは三個ある中からいちばん大きいのを選び、丁寧に包み、おまけに安くしてくれた。それでも一個一九〇〇円！

すぐには食べないで、台所のテーブルの上において眺めた。熱帯雨林に生息する珍鳥が産み落とした卵か……その中にはどんな色の羽が生えた雛《ひな》が丸まっているだろうか……などなど想像して、あくる日、頰張《ほおば》った。
口のすみずみまで、のどのすみずみまで、頭と腹と手足のすみずみまでも染みわたっていく味だった。台所の流しの前に立ち、大きな種をしゃぶって指先をなめていると、むかし読んだジョン・アガードの English Girl Eats Her First Mango という詩が思い出されてきた。

if から始まり、マンゴーの食べ方の伝授と、恋心の芽生えをいっしょにうたった傑作だ。南米のガイアナに生まれ育ったアガードは、いまイギリスで活躍しているが、彼の詩は母国の風土に深く根ざしている。そこには英語という言語をも、南米のほうにぐいっと引き寄せる力が潜んでいる。
ぼくはアメリカで、何回かマンゴーを買って食べたことがあったが、アガードの詩に登場するマンゴーとは、もろにはつながらなかった。やはり現地で食して初めて体験できるものかも、と思っていた。しかし鹿児島県産のマンゴーは、アガードの詩を髣髴《ほうふつ》させるだけの味わいだった。もっとも、それはぼくが現地、つまりニッポンで頰張ったたからか。

イギリスから来た彼女がはじめてマンゴーを食べる（一種の恋歌）

ジョン・アガード

彼女に、ちょっとすすめてみようか。
「ね、このめくるめく黄金の
ジューシーな太陽のかけらを、
このぺろぺろ唾液とめどなくでる
熱帯の愛のかたまりを
てのひらに、のせてごらん」

でも、もしもぼくが
そういったら、彼女はきっと
「まったく大げさだわ」と

返してくるだろう。だから
ぼくは、ただ「このマンゴー
食べる？」という。

まるで赤面したように
紅を帯びた黄色いマンゴーを、
彼女は持ち上げ、つるつるの
皮にさわり、彼女自身の頬も
ぽーっと赤らんだ。
「どうしたらいいの？
このままかじりつくの？」と
ぼくにきく。

そこで「誘惑の悪魔を
見習って、原罪を皮まで

喰《く》らわば……」なんて一瞬、
しゃべろうかと思うが、
そうしたらきっと
「また神秘的なことを
いっちゃったりして」と
からかわれかねない。

なので、ぼくはただ
「それはお好みで、皮をむいて
食べてもいいよ」という。

マンゴーに触れる彼女の指はもう
うんと貴重なものを扱っている動き。
「とてもおいしそうね」と
彼女はほほえむ。

ぼくは、ちょっとさとす。
「言葉でいうよりも、
おいしそうなものが目の前に
あるなら、神様からもらった歯を
使って、遠慮なくかぶりつくと
いいよ……まず皮をむいて、
あるいは、ぼくの母親が
好きだった食べ方なら
マンゴーを指先でもんで、
中の果肉が全部ぐしょぐしょの
汁になるまで、そして一か所、
皮をかじってちっちゃな穴をあけ、
そこからちゅっちゅっとゴールドの
シロップを吸いとるんだ。

赤ん坊がおっぱいを吸うみたいに。
もみもみしぼって最後の
濃厚な一滴までさ」

「それも楽しそうね」と彼女。

念のため、ぼくはいっておく。
「これはリンゴの芯なんかとは
わけが違う。種のまわりが
いちばん甘いから、その汁を
しゃぶり忘れたら、損だよ。
心の中にまでしみてくるから」

英国のバラのような彼女の
その幸せな表情ったらなかった！

全身、足の指の先まで
桃色に輝いていた。

やがて食べおわると
彼女は笑って、「ね、ハンカチを
かしてくれる?」とぼくに頼んだ。
「指がみんなマンゴーの汁で
べちゃべちゃなの」

そこで、はっきりと
教えてあげなきゃならなかった。
「ハンカチだって? あのさ、
マンゴーを食べるときは、な、
ハンカチといえば、それは
自分の舌のことだよ。指は、

ぺろぺろなめるにかぎる。
こういうのを、文化と呼ぶんだ。
いいんだよ、ちっとも恥ずかしくない。
これこそカルチャーってものさ。
もしくは、植民地支配の逆コースか。
さかさ植民地化と呼んでもいいかも」

ほのぼのした色っぽさがただよい、したたり、そしてべちゃべちゃになって、「文化」とはなんぞやについて考えさせられる。アガードの詩は、その過程で「植民地化」のむごたらしさの一角も炙《あぶ》り出してくる。ほのぼのした雰囲気を壊さないままに。

プエルトリコに生まれ、六歳のときに家族とともにニューヨークへ移住した詩人ヴィクター・ヘルナンデス・クルースも、マンゴーの傑作を書いている。

Problems with Hurricanes と題したその詩は、やはり**if**が随所に出てくるけれど、恋心のやわらかい「もしも」ではなく、おっかなげな、万が一の、かちかちの固い「もしも」だ。登場するマンゴーもバナナも、バナナの兄弟分で甘くないプランテーンも、みんなまだ固くて青い状態。

ただ、最後のところで、それがするりと甘い恋のほうに滑る。固かったマンゴーたちが、一気に熟すような、温かい落ちだ。

ハリケーン注意報

ヴィクター・ヘルナンデス・クルース

農家のおじさんは、じっと空を見つめて
話してくれた――。
ハリケーンがやってくるとき
おっかないのは、風だけじゃない。
大雨も、嵐のうなり声も

怖いには怖いが、むしろ
それよりもマンゴーやアボカドが恐ろしい。
青いかちかちのバナナやプランテーンも。
ミサイルさながらに村に襲来するんだからな。

なんといっても家族の
やりきれなさが全然ちがうよ。
一家の主《あるじ》が、もしも
空飛ぶバナナに殺されちまったら、
子孫にどう説明すりゃいいんだ？

高波にさらわれたとか、
洪水で溺《おぼ》れたとか、突風を
もろに受けて山の岩に叩きつけられ、
全身打撲で死んだとか、もしそんなであれば堂々と語りつぐことができるだろう。
ところが、マンゴーに当たって
頭蓋骨《ずがいこつ》がまっぷたつに割れてみろ、
末代《まつだい》までの恥さ。
時速百キロを超えるプランテーンが
こめかみを直撃しても同じことだ。

おじさんは、吹き荒れる風に敬意を表して、
帽子を脱いで軽く会釈《えしゃく》する。
そしてこう言い切る——。
大雨も、轟音《ごうおん》も
それほど気にすることはない。
すさまじい風も、たいして心配はいらない。
もし外に出るなら
ぜったい気をつけなきゃならないのは

マンゴーだ。それと、
マンゴーに負けないくらい甘くて美しい
ものたちにも、たえず
注意することだな。

III　世界を見つめる「もしも」

後出しの「もしも」

「飛行機か列車、どちらにしますか?」と問われると、だいたい後者を選ぶ。もし料金が同じで、飛んで行ったほうが早く目的地に着ける場合でも、ぼくはどうも地を這《は》っての移動を好む。いや、本当は可能な限り自転車をこいで出かけたいが、それが距離的、時間的に無理だったりする。船で行けるところなら必ず海路をとるけれど、行き先がかなり限定される。日本に暮らして、たびたび鈍行列車や快速特急、新幹線、夜行列車にも世話になっている。(JR東海はなにを血迷ったか、「百害《ひやくがい》あって一《いち》リニアなし」のトンデモ乗り物「リニア新幹線」の開発を進めようとしているので、なるべく資金提供はしたくないが。)

とにもかくにも新幹線に乗る。すると、毎回、神経がいらだつことがある。自由席でも指

定席でも、たとえグリーン車であっても変わらない。腰かけて、ふと見ると車輛《しゃりょう》の前方の壁の、通路の真上に電光掲示板がついていて、右から左へ一文字ずつこんな英語がスクローリングしてくる。

Attention: Please notify the train crew immediately, if you find any suspicious items or unattended baggage.

スペルのミスなどないし、文法的に正しく組み立てられたセンテンスではある。が、それでも気に障《さわ》る、後味の悪いシロモノなのだ。

「大事な話だからよく注意して聞け」と、まずAttentionの呼びかけから始まり、「お願いだから今すぐ大至急、乗務員に知らせてくれ」とこちらを駆り立てて行動を促している。かと思ったら、今度は悠長なコンマが差し込まれ、つづけて「もしもなにか怪しいものとか、だれも構っていないほったらかしの荷物とかが見つかったならば」とガクッと落とされる。単なる穿鑿《せんさくず》好きな、空騒《からさわ》ぎメッセージだったのか……。

話の内容にもよるけれど、こういう「後出しじゃんけん」ならぬ「後出し**if**」は、読み手や聞き手の気持ちを逆撫《さかな》でする場合がある。引っくり返して If you find any suspicious items or unattended baggage, please notify the train crew immediately. と呼びかければ、人騒がせの度合いが減って、だいぶマシにはなる。

でも、よくよく考えると、新幹線に乗り込むぼくらにとっては、自分の持ち込んだもの以外は、すべて得体の知れない荷物である。怪訝《けげん》の目で見始めれば、どれもこれも怪しく映り、そんな注意はなんの危険防止にもならないじゃないか。

電光掲示板にスクローリングしてくる「不審物や持ち主のわからないお荷物は、直《ただ》ちに乗務員までお知らせください」という日本語も、つきつめるとナンセンスだ。「テロ対策をやってます！」という見せかけばかりのポーズなのか、人々の恐怖心を煽《あお》って思考停止状態に追い込む狙いなのか、あるいは両方か。

ひさしぶりに東京メトロに乗ったら、その車内にも不審物と不審者への注意を呼びかけるイングリッシュのシールが貼ってあった――Please inform the station staff or train crew immediately if you notice any suspicious unclaimed objects or persons in the station or

on the train. Thank you for your cooperation.
スペルは合っているし、文法も一応合格ラインに達してはいるけれど、ひどい英語だ。「大至急」の immediately の位置も、**if** の位置も、発しているメッセージの基本姿勢も。

ではifの後出しが、いかなる文脈でも気に障るものかというと、そんなことはなく、逆に愉快な演出につながるケースもある。たとえばミシガン州出身のロックミュージシャン、ボブ・シーガーが作った「カトマンズ」という歌では、なかなかいい味を出している。

Katmandu

Bob Seger

I think I'm going to Katmandu!
That's really, really where I'm going to.
If I ever get out of here,

That's what I'm gonna do.
K-K-K-K-K-Katmandu!

ぼくはカトマンズに行くんだ！
本当に本気で行くつもりなんだ。
もし、いつか、ここから出られるのなら
ぼくはきっとそうするんだ。
カカカカカカトマンズ！

こんな具合にいきなりネパール王国の標高一三〇〇メートルの首都への渡航を、アメリカ中西部の白人男性ボブは一方的に、藪《やぶ》から棒《ぼう》に宣言する。なぜカトマンズなのか、説明はどこにもないが、とにかくうんと遠いところ、アメリカとは別世界といったあたりがミソらしい。

最初は「行くんだ！」と勢い込み、あとで「もし、いつか、ここから出られるのなら」と一歩さがって、実際には行けないかもしれないという可能性をほのめかす。その「あとずさり」に愛嬌《あいきょう》があり、くすぐったくて、ますます楽しくなる。そこで、また二番でも勇んでI'm going to Katmandu! の宣言が繰り返される。

I got no kick against the West Coast.
Warner Brothers are such good hosts.
I raise my whiskey glass and give them a toast.
I'm sure they know it's true.
I got no rap against the Southern States.
Every time I've been there it's been great.
But now I'm leaving and I can't be late
And to myself be true.
That's why I'm going to Katmandu!

Up to the mountains where I'm going to.
If I ever get out of here,
That's what I'm gonna do.
K-K-K-K-K-Katmandu!

アメリカの西海岸に対して
べつに不満があるわけじゃない。
ワーナー・ブラザーズはいつもあたたかく
手厚くもてなしてくれるから、ぼくは
このウィスキーグラスで彼らに乾杯をおくろう。
(おくらなくても、彼らは自信満々だろうが)
アメリカの南部に対しても
なにひとつ恨みはないぜ。
何度もお邪魔にあがって、めちゃくちゃ
楽しませてもらったんだ……でもぼくはもう

出て行くんだ、これ以上とどまっていたら
自分にウソをついてることになるからだ。
だからカトマンズへ行くんだ！
山の上のほうに、本当に行くつもりなんだ。
もし、いつか、ここから出られるのなら
ぼくはきっとそうするんだ。
カカカカカカトマンズ！

ボブ・シーガーはつづいて、故郷のミシガンを含めた中西部に対し、それからニューヨークシティーをはじめ東海岸に対しても、丁寧に断って、それぞれの地方に恨みとか不満があるから母国を捨てる決心をしたわけではないと語る。そして「とにもかくにもカトマンズに行くんだ！　もし、いつか、ここから出られるのなら……」と後出しの**if**を、くすぐったいほど繰り返す。アメリカ脱出の理由を直截《ちょくせつ》に語らずに。

歌の真ん中あたりに、何気なくぽろっと出てくるI'm tired of looking at the TV news. というつぶやきが、ひょっとしたら理由の説明にいちばん近いかもしれない。
「もうテレビの嘘っぱちニュースなんか見飽きちゃったんだ」
この「カトマンズ」の曲が世に出たのは一九七五年、ぼくが八歳のときで、全国的にヒットはしたが、同郷のよしみもあってミシガンではとりわけ流行《はや》った。ぼくなんか「カトマンズ」という地名を、ボブ・シーガーのあの K-K-K-Katmandu! の叫びから教わったようなものだ。

二十歳をすぎてぼくは「ジャパンに行くんだ！」と決めて実行に移し、東京の一隅に住みついた。数年経ってから、ラジオの仕事で青森へ通うようになり、出演していた番組の中で吉幾三《よしいくぞう》の「俺《お》ら東京さ行ぐだ」を聴いた。

テレビも無《ね》ェ　ラジオも無ェ
自動車《クルマ》もそれほど走って無ェ
ピアノも無ェ　バーも無ェ

巡査《おまわり》　毎日ぐーるぐる
朝起ぎで　牛《べご》連れで
二時間ちょっとの散歩道
電話も無ェ　瓦斯《ガス》も無ェ
バスは一日一度来る

「無いものねだり」というか「無い無い尽くし」と呼ぶべきか、この出だしの列挙のおかしさに、ぼくはぐいっと引き込まれ、そこへ「俺らこんな村いやだ　俺らこんな村いやだ／東京へ出るだ　東京へ出だなら／銭《ゼニ》コァ貯《た》めで　東京で牛《べご》飼うだ」と流れてきた。突然「カカカカカトマンズ！」とボブ・シーガーのしわがれ声がよみがえり、ぼくは一瞬にしてミシガンの故郷と未知のネパールへワープした。

そして日本にもこんな歌があったんだ！　と驚嘆した。

もちろん、「俺ら東京さ行ぐだ」の主人公の立ち位置は、ボブの Katmandu のそれとは違う。けれど、「行ぐだ！」という思いと、歌詞のユーモアの力学、それから「後出しのもしも」の作用も同じではないか。吉幾三は「もしも」という単語は直接使っていないが、もし「東京へ出だなら」と仮定して、その繰り返しが**if**の役割を果たす。

さて、村を捨てて「東京へ出だなら」、歌の「俺ら」はいったいなにをしようと考えているのか。

「東京で牛飼うだ」の一番につづき、二番で「東京で馬車引くだ」となって、三番では「銀座に山買うだ」と企《たくら》んでいる。要するに、田舎の村の生き方をそのまま東京に当てはめ、移植しようというのだ。その思いを、出どころまで掘りさげてみると「こんな村」は、本当はそんなにイヤではないのかも。

悪口を言っているようで、実は田舎にささげる賛歌なのだ。その点もボブ・シーガーと共通していて、彼の「カトマンズ」も、暗にローカルなアメリカを歌い上げている。

思えば東京でベゴを飼うなんて贅沢で、そんなことができたらこの上なく風流だろう。相当「銭コァ貯め」ないと、今の経済では無理だが。

意地悪イフ

シンデレラの物語の中で、ぼくにとっていちばん印象深いのは、畑にごろんとあったカボチャが、きらきら輝く馬車に化ける場面だった。

妖精のおばあさんが現れ、魔法の杖《つえ》を振り回し、シンデレラをお姫さまに変身させて、ガラスの靴を履かせ、鼠たちもみんな立派な駿馬《しゅんめ》に変える——その一連のマジックの一個のディテールにすぎないが、子どものころ、やたらとカボチャに惹《ひ》かれたのだ。

もしかしてパンプキン・コーチの椅子の下にはカボチャの種が隠れているのか、窓のカーテンはカボチャ繊維で編まれているのか、長時間乗っていると湿っぽくないのかと、よけいなことまで想像して、とにかく乗ってみたかった。大人になってもその思いは消えず、流れを見わたすのではなく、細部にまつわる妄想を楽しむのが、ぼくのシンデレラの読み方、味わい方だった。ガラスの靴のフェティシズムも含めて。

ところが、どうした風の吹き回しか、シンデレラの絵本の執筆依頼がぼくのところへ舞い込んできた。絵を全部ディズニーのアニメーションの中から切り取り、ストーリーは日本語で作り、六十ページで語り尽くしてほしいというのだ。カボチャと靴の誘惑に負けて、二つ返事で引き受け、「シンデレラ」をもう一度ゼロから、全体的に見すえることにした。

久々にアニメーションを観てみると、その脚本の巧妙さに息を呑む思いがした。すべての台詞が、その登場人物、あるいは登場動物を立ち上がらせるために作用して、見事に響き合っている。

とりわけ継母《ままはは》の一言ひとことが恐ろしく効果的で、おまけに文学史に残るべき**if**の台詞も吐いている。ぼくの知る限りでは、古今東西、最も意地の悪い「もしも」の用例だ——。

ある日、お城の家来がいきなり、国王からの大事な知らせを届けにやってくる。シンデレラはそれを玄関で受け取り、封を開けないまま継母とお姉さんたちのところへ持っていく。中身は招待状で、今夜お城で、王子の帰国を祝う舞踏会が盛大に催されるので、国中の年頃の娘は全員残らず出席するように、と書いてあるではないか。

お姉さんたちは興奮して「王子さまに会える！」とはしゃぎ、普段から基本的人権を踏みにじられているシンデレラも、招待状の文言に注目して“Why, that means I can go, too.”という。なにしろ「国王の命令により、年頃の娘は全員残らず」と明記してあるので、「ということは、わたしも行っていいのね」とくるわけだ。

鈍いお姉さんたちは、そんなシンデレラを「汚いあんたが、王子さまと踊るつもり？」とただただバカにする。けれど継母は、シンデレラの法的解釈が正しいと悟り、拒否せずに“Well, I see no reason why you can't go...if you get all your work done.”と、いったん出席を許可する。「そうね、たしかに、舞踏会に出てはならない理由はどこにもないでしょう……」ただし、ここで**if**を巧みに使って「もし、それまでに仕事をすべて終わらせたならば」と条件をつける。

“Oh, I will. I promise!”とシンデレラが喜び勇んでいると、継母はさらに“And, if you can find something suitable to wear.”と、またさらなる条件をくっつける。「もしも、お城の華やかな舞踏会に相応《ふさわ》しい洋服が見つかるのなら」

この二つの付帯的**if**が、シンデレラにはハードルに見えているが、本当はどうにも越えられない現実的な壁として用意されている。継母はなから「だめ！　絶対いけません！」と拒《こば》んだほうが、ストレートでわかりやすい。継母はシンデレラをいびるために、最初は期待させておいて、でも山のように仕事を課して、どんなにあがいても条件をクリアできない状況を作る。ズドンと突き落とす企みなのだ。

お姉さんたちはそれを察知できないので、シンデレラが部屋から出たあと、「お母さん、今なんて言ったかわかってんの？　あいつの出席を認める気なの！」と驚く。

"Mother, do you realize what you just said?!"

すると継母は"Of course, I said 'if'."と、意地悪レトリックの道具としての「もしも」をわざわざ取り出して独立させ、その使い方を伝授するように、血のつながっている二人の娘に示す。

血はつながっていないが、シンデレラももちろん家族の一員だ。よく考えれば、継母のやるような執拗《しつよう》ないじめは、他人に対してありえない行動であり、ファミリーならではの仕打ちといえる。「家族愛」や「家族の団欒《だんらん》」など、互いを思いやって育《はぐく》む集団というイメージが強いが、フタを開けてみれば、家族は実際に拷問《ごうもん》の現場と化している場合も少なくない。

二十世紀のアメリカでひょっとしたらいちばん多く読まれた詩人、オグデン・ナッシュは、「見知らぬ人」と「見知っている家族」を対比させて、暮らしの安全を考える短詩にした。家庭そのものに一種の判決をくだしている作品なので、「家庭裁判所」というタイトルになっている。

ここでもまた、身内の意地悪を炙り出すために、やはり**if**が重要な役割を演じる。

Family Court

Ogden Nash

One would be in less danger
From the wiles of the stranger
If one's own kin and kith
Were more fun to be with.

家庭裁判所

オグデン・ナッシュ

見知らぬ人は危険！　でもそもそも見知らぬ人のワナに
どうしてみんなまんまとひっかかってしまうんだろう？
自分の見知っている家族といっしょにいる時間がもしもう少し
楽しければ……りっぱに危険防止になるというのに。

一八七〇年にフランスで生まれ、バイリンガルの家庭に育ち、オックスフォードで歴史を学んだのちオールマイティーな物書きになっていったヒレア・ベロックも、家族の闇の部分に関してたくさんの諷刺詩を書いた。

この「発見」という一篇は、軽やかでありながら思いっきり暗く、ウィットに富んでいながらも救いがなく、どこまでもほろ苦い逸品だ。三行目の**if**は脇役にすぎないが、とても効果的に使われている。

Discovery

Hilaire Belloc

Life is a long discovery, isn’t it?
You only get your wisdom bit by bit.
If you have luck you find in early youth
How dangerous it is to tell the Truth;
And next you learn how dignity and peace
Are the ripe fruits of patient avarice.
You find that middle life goes racing past.
You find despair: and, at the very last,
You find as you are giving up the ghost
That those who loved you best despised you most.

発見

ヒレア・ベロック

人生とは、まさしく発見の連続ですな。ずっと一生
勉強がつづきます。なにせ知恵というやつは、
ちびちびとしか飲み込めませんからね。それでも
もし運がよければ、若いうちに「真実」なるものを
口にすることがいかに危険か、はやばやと発見して
二度とそんなムチャなマネをしないようになります。
それから世間でいう「威厳」「地位」「安泰」が、ただただ
ずるさと強欲と長生きのタマモノにすぎないと、
だんだん覚えていきます。さらに、中年の域に入れば
時間の流れがひどく加速して、どんどん去っていき、
そこで本物の「絶望」を発見したりします。

やがて息も絶え絶えになり、死の床から見あげて自分を愛していたはずの人たちが、本当は、自分を最も軽蔑していたことを思い知る――終わりの発見です。

シンデレラの継母の**if**ほど陰湿ではないにしても、家族部門の「意地悪イフ」世界グランプリの有力候補になる作品が、トルコに古くから伝わっている。主人公はナスレディン・ホジャというお爺《じい》さんだ。

聖人であって道化師、天才であってとんちき、人間の抱える矛盾の具現としてナスレディン・ホジャは、トルコの昔話にたびたび登場する。「もしも」を生かしたストーリーがいくつかあり、中でもこの「もしも身代わりに？」の話が鮮やかだ。

そのむかし、ナスレディン・ホジャは重い病気にかかり、床に伏していた。助からないかもしれないと、医者にほとんど見放されたが、愛する妻はつきりで、懸命に看病し続けた。ある日、ホジャはいつも以上に苦しそうにして、唸《うな》って何度も寝返りを打ち、それからぬっと起き上がり、妻にこう命令した。

「おまえ、めそめそ泣くのをやめて、顔を洗ってきれいにお化粧するがいい。髪の毛もセットして、いちばん美しいドレスを着てくれ。早く早く、笑顔も忘れるなよ！」

「そんな！　あなたが病気で苦しんでいるときに、おめかしなんかできますか！」

妻が驚いて拒否すると、ホジャは「つべこべいうんじゃない。おれが病気だからこそ、おめかししなくちゃならないんだ！」と返した。

「どうしてです？」

そこでホジャは声を低めて、こう語った。

「これから、おそらく、おれのところへ死神さまがやってくる。そのときに、もしおまえが彼の目に入って、それで、もし思いっきり美人に映ったなら、おれを放っておいて、代わりにおまえをあの世へ連れてってくれるかもしれない」

もしも「お金」が死語だったら

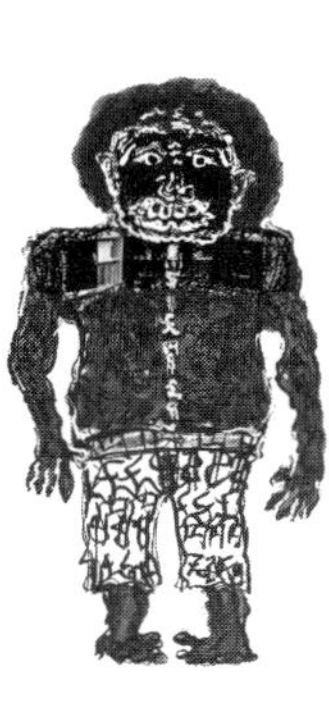

「金持ちは本来なら、貯めたお金を食う以外にないはず――でも幸運なことに、貧乏人が食料をちゃんと用意してくれる」

この言葉に触れたのは、小学五年か六年のときだった。覚えの悪い生徒のぼくに、ピアノを辛抱強く教えていたアイバン先生が、レッスンの途中で「ロシアにはこんなことわざがあるけどね」と紹介してくれた。たしかダウ平均株価指数が上昇、あるいは下落してニュースになっていたと思う。先生はロシア語に堪能というわけではなく、おそらくストラビンスキーあたりの話の中で、ことわざに出合ったのだろう。

大学生になって、経済のカラクリが少しわかり、果たしてロシアにそんなことわざが本当にあるのか、調べてみた。図書館の名言集に Russian proverb として間違いなく出てきたし、大学のロシア語の教授も「いわれてみれば、あったね」と原語で声に出してくれた。いま、ぼくは英語バージョンのみで認識したが。

The rich would have to eat money, but luckily the poor provide the food.

大学卒業後、来日して日本語を学び出し、落語にも目覚めて、いつか「黄金餅《こがねもち》」を寄席で聴いた。骨の髄までしみったれな西念《さいねん》という男が、死ぬ前に、それまで貯めておいたお金を餅に包んでゴックゴック呑み込み、あの世へ持っていこうとする噺《はなし》だ。ぼくの頭にはロシアのあのことわざが浮かび、自分の money のイメージが炙り出された。

「金持ちは本来なら、貯めたお金を食う以外にないはず」といった場合、ぼくは紙幣をムシャムシャ噛むリッチな連中を想像していた。ところが、西念のやつが食うのは「二分金」の金貨や「一分銀」の銀貨という、重量も実体も備わっているものだ。

「黄金餅」がきっかけとなり、英語の money と日本語の「お金」との間に、かなりの差異があることにも気づいた。もともとどちらも、品物の交換の仲立ちとして考案された「貨幣」のことを指していた。金か銀か銅で鋳造され、またはどこかに保管されているそんな正貨との引き換えが可能な紙幣だった。したがって「お金」とか「金銭」と呼んでも、差し支えがなかった。なにせ「兌換《だかん》紙幣」が基本であって、紙切れの額面金額と同じ価値の貴金属が、存在していたのだから。

しかし現在は「兌換」なんか、死語と化した。一九四四年のブレトン・ウッズ会議で「国際通貨基金」と「世界銀行」なるものの創設が決まり、「本位貨幣」という根本的な約束が、破り捨てられた。アメリカ合衆国のドルが純金のゴールドと見なされ、「基軸通貨」と崇《あが》められることになった。

さらに一九七一年、米政府がドルとゴールドの交換停止を宣言して、そもそもペテンだったブレトン・ウッズの約束まで、反故《ほご》にしてしまった。そのニクソン・ショックにより、「お金」からいよいよゴールドが完璧に抜き取られたのだ。

money の変質と堕落を、はやばやと一九四〇年代の初めに見通し、鮮やかな寓話に作り上げた詩人がいた。イギリス国籍で、インドのマドラスに生まれたバーナード・スペンサーである。彼の Behaviour of Money という一篇は、ニクソン・ショックはおろかリーマン・ショックも示唆している。のみならず、スペンサーは**if**を繰り返し巧みに使い、変質の先に潜む再起の可能性をも探ろうとした。

一九四三年に発表されたその詩を、ぼくは長いこと和訳したいと思っていたが、ずっと

money の表現にてこずったままだった。英単語にはこれっぱかりのゴールドも入っていないのに、「お金」、「金銭」、「資金」、または「現金」と訳したら、作品が矛盾を抱えてしまう。一方では「通貨」と訳すと、市民生活から離れすぎる。そこで思い切って、片仮名の「マネー」にしてみた。（英文は p.253）

マネーの振る舞い

バーナード・スペンサー

むかし、マネーは馴染み深い相手だった。たとえるなら
町役場のような存在か、あるいはいつも見上げる空、または
東西に流れる川みたいなもので、人びとはそのどちらかの岸で
どうにか暮らしていた。もちろん、愛と死によって受ける
痛手はいろいろあったが、マネーのやりとりがどう転んでも
経験さえ積めば、みんな気心の知れた仲になれたはず。

ところが、あるときマネーが変質したのだ。激しく痙攣《けいれん》して起き上がり、町中をどしんどしんと進み、あちこちよろけてぶつかりながら暴れ回るようになった。逮捕されて当然の行動だ、本来は。けれどマネーがばらまくお札を拾おうと人びとはついて回り、右往左往して、殺し合いも始まった。

町は一変した。まるで水ぶくれのように、さもしい者がみるみる思いあがり、利益しか見えなくなる病気が蔓延《まんえん》。「市場《いちば》」から「市場《しじょう》」に変わり、礼儀が蒸発して「買い手」と「売り手」といったら、もうそれは「敵」とほぼ同じ意味になりさがってしまった。

貧乏人は押しのけられ、経済動物として扱われた。警察は盛んに人員を募集した。

金持ちは金持ちだけで、隔離された異国と化した。
たまにこちら側からだれか、じっと黙っていた者がいきなりぴょんと、ハイソサエティー側へ跳ぶ。見れば額縁の中でずれた写真よろしく、斜めで、意地汚い表情だ。

酔っぱらったマネーが、夜中に怒鳴りちらしていると、人びとはベッドに縮こまって思う。「わたしたちはいったいどうなるの？　もしマネーがぽっくりいってしまったら世界はどうなるのだろう……考えただけで背筋が寒くなる」

「マネーが本当に倒れて、もしゴッツーンと頭が割れてしまったら？　このマネーのダンスがもし本当に終わりになったら？　みんなが乗り合わせたマネーバスの暴走が、もし本当に止まったら？　もし一本一本の木が目に入るようになったら？　そんなひそかに願ったことが本当に起きて、マネーが死んだら、どうなる？

みんなマネーの死体のまわりに集まって、顔を見合わせた際、互いに思い出せるだろうか。むかし馴染んでいた町のなにかを探しに、現場からそおっと離れるとき、互いに話し合えるか。とにかく公衆衛生の担当者たちは大変だろう、マネーが路上に横たわって腐臭を放ち、身寄りなどだれもいないなんて。

Aさんは果たして、あのずるくへりくだった目つきをやめられるのか。Bさんの声にひそむ冷たい鉄の刃物はとけていくかしら。オデュッセウスの部下たちのように、魔法の酒で豚に変身させられても、ちゃんと元の人間に戻れるのか。それとも死が待ち受けているのか。あるいは町中の道という道でみんな踊るのだろうか、世界がゴッツーンとなった日には。

ウォール街の金融危機が波紋を広げていた二〇〇八年初秋、マスコミは「実体経済への影響」という表現を多用した。それはつまり、「実体のない経済」を前提にしていて、暴走する金融マネーと、市民生活のお金と、その乖離《かいり》が報道の言葉に図らずも表れた。

でも、アメリカの詩人ルイス・ジェンキンスはもっと早くに、二〇〇四年発表の散文詩で、同じ乖離の図星を突いていた。

財務のお偉方が使うマクロな The State of the Economy をタイトルに据え、本文ではミクロな小銭を語り、「もし気をつけてひっそりと暮らせば」と、ウォール街の対極にある「ぼく」と「きみ」の日々を描いたのだ。

現在の経済動向

ルイス・ジェンキンス

箪笥《たんす》の上のごちゃごちゃの中に、もしかしてコインがまぎれ込んでいるかもしれない。それから洗濯機、乾燥機の中も、こまかくチェックするといい。車のフロアマットもめくってみよう。あと、ソファのクッションも外して点検。ぼくは古本屋に買い取ってもらえそうな本を何冊か持っているし、またCDも、中古屋が少し引き取ってくれるかどうか。地下室にはアルミの空き缶がいっぱい、たしか二袋くらいたまっている。とは言っても、デポジットを払ってくれる店まで、車では運んで行けない。なにしろタンクにガソリンがほとんど残っていないのだから。ま、ぼくのところに来週あたり、ちょっとだけお金が入る見込みがあって、もし気をつけてひっそりと暮らせば、二人で次の給料日までどうにかしのげるだろう。このあいだきみに届いた一ドルのリベートの小切手があって、ここに集めたコインだけでも、近所のストアまで歩いて一リットルの牛乳と、今日の新聞を買ってくるか。いや、やっぱり新聞のほうは、やめにしよう。

竹内浩三という詩人も、庶民の金銭感覚を淡々と即物的に描き、愉快な一篇に仕上げた。原文には「もし」も「もしも」も登場しないが、英訳してみると**if**の連続だ。(英訳は p.256)貧乏学生だった竹内は、一九四二年に日本大学を繰り上げ卒業となって召集され、フィリピンで戦死した。

金がきたら

竹内浩三

金がきたら
ゲタを買おう
そう人のゲタばかり　かりてはいられまい

金がきたら
花ビンを買おう
部屋のソウジもして　気持よくしよう

金がきたら
ヤカンを買おう
いくらお茶があっても　水茶はこまる

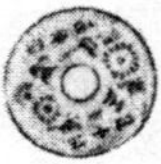

金がきたら
パスを買おう
すこし高いが　買わぬわけにもいくまい

金がきたら
レコード入れを買おう
いつ踏んで　わってしまうかわからない

金がきたら
金がきたら
ボクは借金をはらわねばならない
すると　又　なにもかもなくなる
そしたら又借金をしよう
そして　本や　映画や　うどんや　スシや　バットに使おう

金は天下のまわりもんじゃ
本がふえたから　もう一つ本箱を買おうか

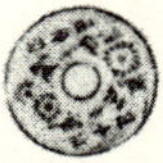

唯一の「もしも」、どちらもの「もしも」

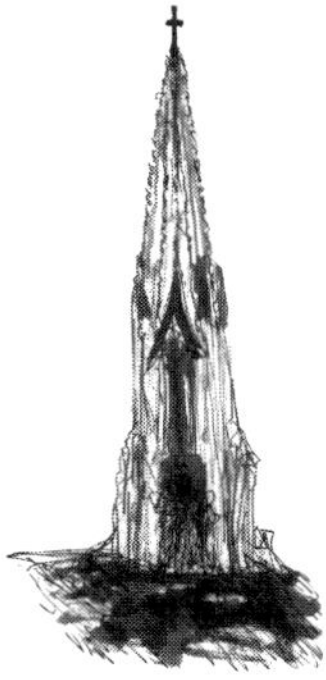

「聖書」と「昆虫」とどっちが強いか？　ぼくの場合は、だいたい少年時代に、もう勝負がついた気がする。

カトリックの家に生まれ、一信者となるべく洗礼を受けてはみたが、早くから虫の魅力に目覚め、アリの尻から吹き出す蟻酸《ぎさん》の洗礼のほうが、はるかに効果が大きかった。また、教会の空気より雑木林の空気が肌に合い、日曜日に拝みたい対象は、十字架の上のイエスさまではなく、樹上のカミキリムシと天を舞うアゲハチョウだった。

ミサでも日曜学校でも、しきりに「神は一つ」、「唯一の神」、「神さまはこの世のすべてをお造りになった」などと、単数形の God のことを教え込まれた。ところが、昆虫の世界の驚異的な多様性に圧倒されながら観察していたぼくは、こっそり「ウソをつけ！」と思っていた。
ちょうど生意気盛りでもあったし、いくら「万能おじさん」といったってこの世の虫たち
のすべてを、たったの一神で造れっこないと、ぼくは踏んだ。ましてや「創世記」に書いて
あるみたいに、一週間かそこらじゃとても無理。この世のカミキリムシたちだけでも、そん
なスケジュールでは絶対間に合わないと、ひとり考えたりした。こうして大人のぼくがたど
り着いたアニミズム的無神論は、昆虫の導きから始まったわけだ。
そうかといって、イエス・キリストが嫌いになったわけではまったくない。「聖書」のマ
タイ伝やルカ伝を読めば、彼のクソ度胸が伝わって、「汝《なんじ》の敵を愛せよ」、「右の頰を打たれ
れば左の頰も差し出せ」というその覚悟のカッコよさに、強烈に惹きつけられる。
ただ、キリストを看板に使っているカトリック、あるいはプロテスタント、あるいは正教
会を取ってみても、どうもその教えを実践しようとしているようには思えない。キリストの
カッコよさが全部どこかへ飛んでしまい、残るはセレモニーの抜け殻ばかり。
そもそもキリスト教の土台となったユダヤ教も、同じ流れの中から生まれたイスラム教
も、教典をひもといてみれば「汝殺すなかれ」と、人殺しを禁ずる戒めに出合う。世界の三

大一神教は、そこが共通点だというのに、殺し合いの歴史を積み重ねてきて、二十一世紀に入っても、やめる気配などない。

ナオミ・シハブ・ナイという詩人は、パレスチナ人の父親とアメリカ人の母親の娘として一九五二年、セントルイスに生まれた。十四歳のときにパレスチナを訪れて、初めて祖母に会い、高校時代にはラマッラーとエルサレムに留学した。

現在はテキサス州に暮らし、アメリカを代表する詩人として活躍しながら、一貫してパレスチナとイスラエルに透明な視線を注いでいる。「宗教の対立」というカムフラージュの図式ではなく、その奥に渦巻く現象を見通して、鮮やかに描く。人間の可能性を追求しようとしているからか、ナイは**if**という言葉を頻繁に、極めて効果的に使う詩人だ。

「もしイエスさまを愛しているのなら」——こんなハードルを越えるところから広がっていくHalf-and-Halfと題した一篇は、映像によって和平を、その色も含めて手わたしてくれる。

どちら も

ナオミ・シハブ・ナイ

「そんなどっちつかずの、半分こするみたいな
つき合い方じゃダメだ」と彼は言う。
パレスチナ人で、キリスト教徒で、ガラス製品を
売って生計を立てる彼は、割れて粉々になる
危険性を、よく知っている。イスラム教の
断食月ラマダーンがすぎて、今日は
教会の祝日。彼はわたしに言い切る。
「もしイエスさまを愛しているのなら
ほかの神を受け入れてはならない」と。

青い水差しを並べた彼の露店は、エルサレムの

ヴィア・ドロローサ、この十字架の道の傍《かたわ》らにある。
彼は周りの石畳を箒《ほうき》で掃く。つるつるに磨り減った石は
みな神聖な感触だ。ナツメをたっぷり入れた
マムールというクッキーには、粉砂糖がふりかけてある。

今朝、聖墳墓《せいふんぼ》教会の中で、わたしはほっそりした蝋燭《ろうそく》に
火をつけて立てた。昼ごろになるとあの蝋燭はみんな
背が曲がり、頭を垂れてしまう。めずらしいことに
今朝はカトリックや正教会やアルメニア使徒教会などの
聖職者たちの言い争いがなかった。わが父は
そんな彼らの場所取りのいざこざをずっと聞いて
育ったので、今は祈るとき、自分にしかわからない
秘密の言葉を使う。娘のわたしも、どんな違いでも
認めて、例外というものには、そっと唇をつけて祝福する。

ひとりの女性が、部屋の窓という窓を
開け放ち、オレンジ色の敷布の上に
青い花を挿した花瓶を置く。わたしの目は
じっと彼女の動きを追う。ボウルに残った食材で
スープを作ろうとしている。少し干からびたニンニクや
曲がったインゲン豆など、彼女は、なにひとつ
除外したりしないのだ。

一神教が組織化されてしまうと、利権のためにほかを締め出し、多様性を否定しにかかる。昆虫少年にとってはそこが、どうもいただけないのだ。「イエスさまを愛しているのならほかを受け入れてはならない」と神父がいうし、「アッラー以外には目を向けてはならない」とイスラムのムッラーは釘をさすし、「唯一の神ヤハウエのみ拝んで、ほかの神にかかわってはならない」とユダヤのラビは脅したりする。十戒にもばっちり、そんな「排他指令」が組み込まれている。

どうして他宗教とのかかわりを断固禁ずるのか。もしかして組織のトップは、相互理解そのものが怖いのでは？　対立を煽《あお》って紛争で儲けるという常套《じょうとう》手段は、使えなくなるかもしれないので。

イギリスの作家G・K・チェスタートンは一世紀ほど前に、この問題を**if**の力でこじ開けて、本質をこう簡潔に説いた。

"If you do not understand a man
you cannot crush him.
And if you do understand him,
very probably you will not."

「もし、ある人を叩きつぶそうと思ったら、
まずその相手を理解しなければならない。
そしてもし、相手を理解するに至ったら、おそらく
叩きつぶそうなどとは、もう思っていないだろう」

思えば愛国心というものも、一神教と同様に歪曲され、排他的な装置に成り下がっている場合が少なくない。「ナショナリズム」と呼んでも「国粋主義」と呼んでも、得てして一種の「一国教」として、人々の思考を狭めている。たとえば「アメリカを愛しているのならほかの国を愛してはならない」と。

そしてそんな発想の中には、すでに「アメリカを批判してはならない」といった空気も内包されているようだ。以前、母国がアフガンで繰り広げている戦争を、「アメリカの侵略だ」と雑誌にはっきり書いたら、読者からこう問われた。

「アメリカ人なのに反米ですか？」

実際はその正反対で、批判こそがぼくの愛国心の表れだ。世界の中で建設的な役割を果たしてほしいから、あえて苦言を呈している。

アメリカを代表する作詞作曲家ピート・シーガーが、ベトナム戦争の真っ最中に、愛国と批判のこの問題に大胆に切り込んだ。ストレートに米軍の撤退を訴えながらも、巧みに**if**を使い、その名曲 Bring 'Em Home はナショナリズムの袋小路に、風穴をくりぬいてくれるのだ。もし国名の「ベトナム」のところを、「アフガン」か「イラク」と差し替えれば、そのまま現在の平和の歌になる。

リフレインはタイトルの Bring 'em home を二回繰り返すもので、それも一行おきに最後までずっと積み重ねられ、だんだんと呪文に近い力を帯びてくる。

帰国させよう

ピート・シーガー

もしアメリカを愛してるなら
　帰国させよう、撤兵だ
ベトナムにいる米兵をみんな
　帰国させよう、撤兵だ

軍のお偉方は嘆くだろう
　帰国させよう、撤兵だ
交戦状態がお好きだから

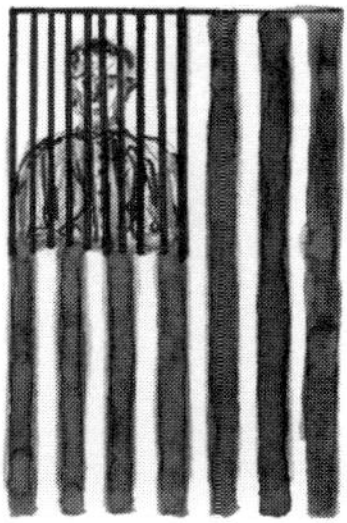

　帰国させよう、撤兵だ
新兵器のお披露目も兼ねてる
　帰国させよう、撤兵だ
でも連中は勘違いだらけ
　帰国させよう、撤兵だ

だって貧困こそみんなの敵
　帰国させよう、撤兵だ
爆弾ではどうにもならん
　帰国させよう、撤兵だ

正しくても間違ってても
　帰国させよう、撤兵だ
おれには歌う権利があるぞ

帰国させよう、撤兵だ

非暴力主義者かと言ったら
　帰国させよう、撤兵だ
おれは本物じゃないかも
　帰国させよう、撤兵だ

もしおれの愛するこの国が
　帰国させよう、撤兵だ
侵略を受けたらおれは戦う
　帰国させよう、撤兵だ

敵が爆弾を落としても
　帰国させよう、撤兵だ
ナパーム弾にも立ち向かう

帰国させよう、撤兵だ
米軍のお偉方はバカなのか
帰国させよう、撤兵だ
持ってる武器は役に立たぬ
帰国させよう、撤兵だ

ピート・シーガーは「非暴力主義者かと言ったら、おれは本物じゃないかも」と歌っているが、彼より三十年早く、一八八九年に生まれた詩人ベンジャミン・マッサーは、紛れもなく本物の非暴力主義者だった。しかも晩年、カトリックのフランシスコ会の修道士になり、神への愛を貫いた。イエス・キリストの教えを少しも曲げようとせず、しっかりとその本質を受け止めた、稀《まれ》なクリスチャンだ。

If War Should Come

Benjamin Musser

Bar me in jail, where I can sing
    My song of love for erring man,
Flung by old men into this thing
    That never did and never can
Bring peace of God. My flag unfurled
Is of no country of this world.

For border-lines and nations are
    Less than one life, one heart that sees
A brother linked as star to star,
    Souls born for immortalities.

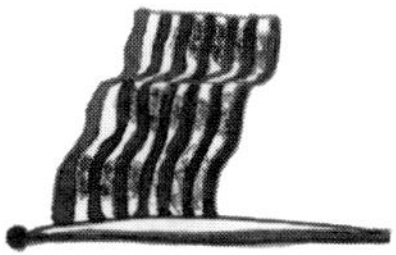

No wrong is righted in the will,
In peace or war, of those who kill.

もし戦争になるのなら

ベンジャミン・マッサー

まず私を牢屋《ろうや》にぶちこむがいい。鉄格子の中では
思いっきり歌い上げよう、愚かな人間への
私の愛を。老人たちは若者を次々と戦地へ送りこむ。
一度たりとも平和をもたらしたことのない、
決して神が望む平和には結びつかない任務に
服するために。私が掲げる自分の旗は
この世のどこかの国に属するものではないのだ。

国境と国家をすべて足しても、ひとり分のいのちの
　重さには達しない。星座の星と星のつながりを
私たち人間に見出せる心のほうが、どれほど大きく、
　永遠に近いか。たとえ平和の中でも、あるいは
戦争になったとしても、人殺しをはたらく者の
　意志では、所詮《しょせん》、なにひとつ正せないのだ。

IV 「もしも」と生きる

縁起でもない「もしも」

幼なじみのカークに、久しぶりに国際電話をかけた。

彼の父親とぼくの父親がむかし、デトロイトの中学校でクラスメートになり、それからずっと無二の親友というつき合いだった。赤ん坊のぼくが教会で「幼児洗礼」を受けてギャーギャーわめいていたとき、二歳児だったカークも前列であやされていたそうだ。

もちろんその当日の記憶は、ぼくらにはないが、子ども時代のあれこれを思い起こせば、とにかくいつもなんでもいっしょにやっていた。泳ぎも魚釣りも、スキーもカヌーの操縦も、自動車の運転とエンジンいじりにいたっても、だいたい二人で覚えていった。そしてこっちの父親が、飛行機の墜落事故で死んだのちは、なにかにつけてカークの家族は力になっ

てくれた。

いよいよ進路を決める年齢になり、ぼくがなにを血迷ったか詩人を目指そうと企み、一方、カークは医科大に入学した。眼科を専門に選び、やがてテネシー州で立派に開業。建築家のキャリアウーマンと結婚し、二人の娘に恵まれた。

日本へはまだ一度も来たことがないが、在日のぼくの影響もちょっとあって、カークは日本料理、なかんずく日本酒の味に目覚めた。なかなか通な注文をよこしてくることもある。滋賀県の藤居本家という造り酒屋の冬限定「にごり酒」が、彼のいちばんの好物のはずだ。

先だっての国際電話で、しばらく美酒の話で盛り上がってから、アメリカの医療保険制度の惨憺《さんたん》たる現状を、最新情報も含めて聞かせてもらった。そしてその延長線上の報告として、カークは自分自身が、実は白血病なんだといった。

太平洋を越えたその一蹴《ひとけ》りが、いきなり鳩尾《みぞおち》に的中した思いで、ぼくは「ウソだろっ？」と聞き返すのがやっとだった。

彼は医者らしく淡々と説明した。右耳の後ろのリンパ腺の腫れに気づき念のために検査を受け、その検査がさらなる検査へと続き、またさらに検査をしたところ白血病と判明。いまは経過を注視し本格的な治療はまだ開始しないが、ゆくゆくは抗癌剤と放射線照射、最終的には骨髄移植が必要になる可能性が高い。

「使いものになるんだったら、骨髄をいくらでもやるよ」とぼくは約束したが、相性が合うかどうか。

そもそも同じミシガン州で、同じ自動車工場や化学工場や原子力発電所からの汚染と廃棄物にさらされながら育ったというのに、どうして彼が罹《かか》って、こっちは罹らないのか。あるいは、そこに一歳半年上という違いが作用し、おっつけぼくもリンパ腺の腫れがやってくるのか……そんな思いは、でも口にせず、にごり酒の見舞いと骨髄の提供を再び誓って、電話を切った。

それから一晩、もし自分も白血病になったらと想像して、治療も闘病も軽々と飛び越え、もし自分が死んだらという域に入った。そこで思い出されたのが、カークとぼくと同じミシガン州出身の詩人ベン・キングだ。

十九世紀の終わりに、彼は「もしぼくが死んだら」という仮定を膨らまし、ブルース的な繰り返しを巧みに使って歌った。（英文はp.260）

もしぼくが死んだら

ベン・キング

もしぼくが今晩死んだら、
そして安置されたぼくのそばへ、きみがやってきて、
ひんやりした粘土みたいな遺体を見て泣き崩れたら、
もしぼくが今晩、死んでしまって、
きみが嘆き悲しみ、心の芯からぼくを惜しんで、
「借りてた、これがあの十ドル……」と囁《ささや》いたなら、
死《し》に装束《しょうぞく》の白いネクタイをしめたまま、ぼくはぬうっと
起きて「なになになんだって?」というかもしれない。

もしぼくが今晩死んだら、
そしてきみがやってきて、冷たくかたまった遺体の前で

ひざまずいて、棺桶《かんおけ》の縁《ふち》をぎゅっと握り、涙にくれたら、そしてもし、ぼくが今晩死んで、そこへきみが現れ、借りっぱなしのあの十ドルを、もしも返してくれるようなことを、少しでもほのめかしたなら、ぼくは生き返って起きるかもしれない、ほんの一瞬。

でも驚きのあまり、またばたっと死んでしまうかも。


ベン・キングは南北戦争が始まる四年前の一八五七年、ミシガンの田舎町セント・ジョセフに生まれ、三十七歳の若さでこの世を去った。それも朗読ツアーのどさ廻《まわ》りの最中に、急病に倒れてのことだった。「もしぼくが死んだら」は死の床で綴ったのではなく、元気なときに諷刺を利かせてひねり出した作品だ。各地のミュージックホールなどで、ピアノの伴奏に合わせて披露し、それが人気を博していたらしい。

多少なりとも金銭の貸し借りの経験があれば、だれでもすぐ共感できる話だし、通夜の厳粛な雰囲気の中に、十ドルの執念を持ち込んでいるところが、ユーモアのツボにはまる。

ま、現在の十ドルはだいたい千円程度だけれど、当時はもっと価値があり、おそらくいまの数万円といった感覚だったろう。

同胞のよしみというか、ミシガン出だから、ぼくはベン・キングの詩に親しみ、カークもきっと二、三篇は読んでいるに違いない。けれど、アメリカ文学史にしっかり残っているかというと、現在はほとんど忘れ去られ、アンソロジーにも取り上げられない。

彼の茶目っ気たっぷりの作風が、文学史を体系づける学者たちにはあまり好まれていないことが、キング埋没の主な理由のひとつ。だが、彼の詩集をひもといてみると、黒人奴隷の口調を大げさに真似た、一種の「時代物」も少なからず収められている。二十一世紀の陽射しにさらされると、その人種差別の反射がかなり眩《まぶ》しく、目をそらしたくなる。それでも、読み込んでいけば、悪意のないものだとわかることはわかる。

キングという男はサービス精神が旺盛で、なにがなんでも観客を楽しませる詩を作ろうとしていたのだ。当時、そんな無意識の黒人蔑視を孕《はら》んだ作風は、田舎の白人の間では受けがよかったわけで、もしベン・キングが逆に、キング牧師の公民権運動の時代に執筆していたなら、きっと作風はそれに順応しただろう。そうしたらライトヴァースの名手として、いまもたたえられていたかもしれない。

無論、彼の浅はかな迎合を肯定するつもりはない。歴史の流れを遥か先のほうまで見通せたマーク・トウェインと比較すれば、力の差は歴然なのだ。それにしても、「もしぼくが死んだら」だけは、人種的にわりとニュートラルで、普遍的な魅力を維持している。思えば日本の古典落語にも、類似した小噺《こばなし》が出てくる。「節分」と題した作品の中で。

むかし借金の返済や付けの支払いの期限は、年末と決まっていたらしい。ただ、どうしても金ができなければ、債権者に頼み込んで節分まで待ってもらえる——そんな習わしもあったそうだ。落語の「節分」では、豆撒《まめま》きのその日に、金欠状態の夫婦が創意を凝らし、勘定《かんじよう》を取りにきた相手を次々と言いくるめ、一銭も払わずに返してしまう。

八代目春風亭柳枝《しゆんぷうていりゆうし》師匠の「節分」では、勘定取りのオンパレードが始まる前に、妻が夫を少々咎《とが》めるように、去年のできごとを振り返ってこう話す。

大家さんが家賃を取りにくる。「おまえさんどうする?」とあたしが言うと、「おれが死んだことにする」って言う。縁起でもないじゃないか。

「あくる朝になったらどうするつもり?」とあたしが聞いたら、「かまわないから、生き返りましたっていえばいいんだ」とか。どこから借りてきたか知らないけど、棺桶、おまえさん持ってきただろ。その中に入っちゃってさ。涙なんか流せるもんか、あたし。でもしょうがないから、ワサビをおろして口の中へ放り込んで、「あいすみません、大家さん、こういうことになりました」

「ああ、ご主人が死んだらかわいそうに。家賃ぐらい待ってやる」

ありがたいじゃないかね。

で、「これは少ないけど取っておけ」って、五円出したろ。「香典だ」っていうんで。それがもらえるか、あたしは。

「いいえ、大家さん、それは結構なんです。家賃さえ待ってくれれば、それでよろしいんです！」ったら、「なあに、それとこれとは違うんだ。これは私の気持ちだから取っておけ」

「いりません」

「取っておけ」

「いりません」

言い訳してると、おまえさんどうした？　棺桶の中から手を出してさ、「せっかくだからもらっておきな！」って言った、おまえ。大家さんったらキャーッ！って、目を回しちゃったじゃないの。あれで一週間寝たんだよ！

概していえば、落語に登場する大家は寛大だ。ニセ通夜の茶番をやらかしたこの夫婦は、年が改まっても立ち退《の》きを命じられることなく、同じ借家に住み続けている。まあまあ、だれも傷つかなかったし、大家本人も目を回したくらいで済んだし、狸寝入《たぬきねい》りのいたずらとして許してもらえたか。

ところが、自殺者が毎年のように三万人ほど出てしまう二十一世紀の日本で、「節分」の噺に耳を澄ますと、どこか激励を含んだ、決起の呼びかけにも聞こえてくる。多重債務者となって経済的に追い込まれている夫婦ではあるが、あれこれ戦略をめぐらし、自殺なんぞそんなつまらない対処法は最初から眼中にない。どうやったら借金取りを楽しく追っ払えるか工夫して、葬儀を出しても死者は出さない。

年明けから二月三日までと、「節分」を高座にかけられる期間が決まっていて、季節限定落語の部類に入る。けれど現代社会においては、年がら年中必要な励ましじゃないか。

追いつめられて精神的に参っている相手を、言葉のみで励ますのは、ひどく困難だ。余裕がまったくなければ、その人の話を聞いたりアドバイスしたりすることもできない。そうかといって、余裕があると、どこまで相手の苦しみを本当に共有できるか、疑問視されてしまう。

つまり「死なないで！」「自殺はいけません！」といえる人は、向こうから「悠長に構えてやがる」「気楽な稼業ときたもんだ」といった具合に見られる場合もある。実際は、苦しんでいる人の借金の肩代わりをしてやるのがいちばん効果的だろうが、文学にはそこまでの対応ができない。

となると**if**の力が必要か。相手の苦境に対し、直接的な言葉を投げかけるのではなく、「もしも」の仮定をバネにして違う現実の可能性を描く。それを鮮やかに示したのは、カンザス州の田舎に生まれた詩人ウィリアム・スタフォードだ。（英文は p.262）

絶対にありえないとも限らない物語

ウィリアム・スタフォード

もしもあなたが生後間もないとき、
なにものかの手によってこっそり
他人の赤ん坊と取り替えられていたら、そして
産んでくれた母親がその真実をだれにも語らないまま
死んでしまったとしたら、いま
あなたの本当の名前を知る人は
この世にひとりもいないはずだ。
本当の父親はどこか遠い国にいて、あなたの
助けを必要としているかもしれない。

あなたがどれほど忠実で、どれほどの

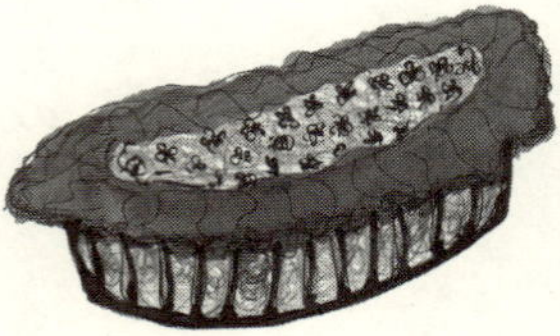

力を秘めているか、父親は知るよしもない。
風が吹き荒れ、大雨がすべてをさらって
いってしまいそうなとき、あなたは
震えながら街の片隅に立っている。
不思議だ。通りすぎる人びとが
みんな平気な顔をしている。

彼らにはきこえないらしい、
あなたの中を流れる囁きが。
「さすらい人よ、おまえは
いったいだれなのだ？」
まわりがどんなに冷たく、世界が
どんなに真っ暗になっていようと
あなたはこうもこたえられる。
「もしや、おれはここの国王か」

ぜんぜん一パーセントにも遠く及ばない確率の低いシチュエーションを「もしも」から紡ぎ出して、順々に広げる。やがて読み手の絶望に、風穴を開けてくれる力へと結びつく。励まし臭くない励ましで、それゆえに効果的な励ましかもしれない。自殺防止対策のホットラインなどで使えるかどうか、実践的な工夫が必要だろうが。

これから白血病と闘うカークへおくる詩は、どこかにひそんでいるのか。ベン・キングの一篇を小包に同封するのも、ちょっと気が引ける。とりあえず美味な慰《なぐさ》めだけ梱包《こんぽう》して、あとは早いところ、ぼくの骨髄が使い物になるかどうか、検査しておくことだ。

取り返しのつかない「もしも」

池袋の一隅の六畳間に住んでいたころ、ぼくはこんな四行詩を書いた。

六畳裁判所

ごきぶり
いよいよ出頭
初死刑も
春の宣告

しかし本当のことをいうと、ぼくは死刑制度廃止論者だ。ごきぶりのみ問答無用にリンチを加えることはあるが、人間同士の殺し合いにはどうしても賛成できない。殺人も、死刑執行も、その同じ部類に入る。

いや、もしも閻《えん》魔《ま》様《さま》がこの世へやってきて、裁判官に扮して容疑者たちの罪を裁き、執行人までつとめてくれるのなら、死刑を認めてもいいかもしれない。閻魔様はなにもかもお見通しで、冤罪《えんざい》なんか百パーセント、絶対にありえないのなら。

だが、実際は警察も裁判官も、死刑執行の命令を下す法務大臣もみんな、ただの人間にすぎない。そして人間というのは、間違える動物である。人違い、無実の罪、濡《ぬ》れ衣《ぎぬ》、冤罪……たとえ司法制度がどうであろうとぼくら人間がやっている限り、万全とはいえず、ならば死刑をやってはいけない。なぜなら、取り返しがつかないことになるから。

冤罪をこうむった容疑者が、無期懲役の判決を言いわたされたとしても、もちろん困った話だ。でも、万が一その人が極刑に処せられた場合は、そこで国家そのものが極悪の犯罪者に成り下がってしまう。もしも誤って、無実の人の命を一人分だけでも奪ったとしたら、政府と司法のすべての存在意義が揺らぐ。

死刑のことが議論になると、ぼくはふたつの名言を思い出す。ひとつは、非暴力で果敢に戦ったインド建国の父マハトマ・ガンディーの発言とされる言葉。

「目には目を、目には目をと、そんな調子で繰り返していくと、ついには世界中が失明してしまいかねない」

もうひとつはアメリカのコメディアン、ビル・ヒックスが吐いた台詞だ。

「死刑をありがたく思わなきゃ。だって、もし死刑がなかったら、復活祭の楽しい祝日もないはずだよ！」

なるほどイエス・キリストはまさに、磔《はりつけ》という名の死刑に処せられ、その三日後には「復活した！」と弟子たちが言い張って宣伝活動を展開、そこからキリスト教が本格的に始まったわけだ。ありがたく思うか、嘘っぱちと思うかはともかく、もしイエスが十字架と冤罪に遭遇せずに長生きできたならば、復活祭のみならずキリスト教そのものも、存在しなかったかもしれない。あるいは、キリストを教祖とした宗教が作られたとしても、今のそれとはまるっきり違う性格になっただろう。

イエスの死刑がカギだと気づけば、キリスト教はトラウマがすみずみにまで染みわたっている宗教に見えてくる。どうして常に罪の意識を信者たちに押しつけるか、それはイエスが無実の罪を着せられて殺されても、弟子たちはただ傍観して彼を守ることができず、その癒えることのない後ろめたさが、みんなの心に残ったからではないか。

イエス本人が骨までの非暴力主義者だったというのに、キリスト教が組織的に戦争と大量虐殺にずっと加担してきた矛盾も、少し理解できそうだ。もし教義を心的外傷の塊として読み解いてみれば。

高村光太郎の『智恵子抄』を初めて読んだとき、ぼくは作者についても、長沼智恵子についても、あまり予備知識がなかった。二人が夫婦になって、そして彼女が病死したといった程度のことしか頭になく、しかし詩を読み出したらその端々から、後ろめたさばっかりが感じられた。悲しみよりも愛情よりも哀悼よりも、罪の潜在意識が重く伝わり、作者の隠しきれない告白に思われた。自分が相手を死へと追い込んだと、詩人はわかっているが、それをそのまま認めるとつらすぎるので、彼女をいたむ言葉の中へ逃げ込む。しかし彼女の記憶に直截触れると、やはり自らの罪が跳ね返ってきて、それを避けようと、ずらして描いてしまう。

中でも「もしも智恵子が」という一篇は、そんな逃避的描写の最たる用例か。一見、智恵子のことを書いているようで、実は岩手の春の息吹《いぶき》と生活をなぞり、幻の智恵子に料理をさせている程度だ。しかも大事な場面で「オゾン」と「エレクトロン」というカタカナ語で逃げて、核心に触れないまま詩が終わる。そのあたりがどことなく歌謡曲の歌詞に似て、だから永年にわたって、一般読者に好まれてきたのかもしれない。

もしも智恵子が

高村光太郎

もしも智恵子が私といつしよに
岩手の山の源始の息吹に包まれて
いま六月の草木の中のここに居たら、
ゼンマイの綿帽子がもうとれて
キセキレイが井戸に来る山の小屋で

ことしの夏がこれから始まる
洋々《ようよう》とした季節の朝のここに居たら、
智恵子はこの三畳敷で目をさまし、
両手を伸して吹入るオゾンに身うちを洗ひ、
やつぱり二十代の声をあげて
十本一本のマッチをわらひ、
杉の枯葉に火をつけて
囲炉裏の鍋でうまい茶粥《ちやがゆ》を煮るでせう。
畑の絹さやゑんどうをもぎつてきて
サファイヤ色の朝の食事に興じるでせう。
もしも智恵子がここに居たら、
奥州南部の山の中の一軒家が
たちまち真空管の機構となつて
無数の強いエレクトロンを飛ばすでせう。

タイトルの「もしも智恵子が」を見た瞬間、ぼくはボブ・ディランのIf Not for Youという歌がぱっと頭に浮かんで、だからよけい歌詞のような印象を受けたのだろう。ディランが一九七〇年に発表したその「もしきみが」とでも訳すべき名曲は、生きて共に生活していた妻のことを歌ったもの。したがって光太郎の「もしも」とは、逆の方向に**if**が働き、「もしきみがいなかったら」と繰り返して想像を膨らます。それでも、春の訪れも野鳥の登場も重なり、比べれば比べるほど、ディランばりに「もしも智恵子が」を歌ってみたくなるのだ。

もしきみが

ボブ・ディラン

もしきみがいなかったら
ぼくは閉じこもったまま、出口が見つからない、

入り口も、自分の足もとも、きっと見えないだろう、
ただただ沈みっぱなしだろう、
もしきみがいなかったら。

もしきみがいなかったら
ぼくは眠れないまま、じっと夜明けを待つ、
太陽が顔を出しても、少しも嬉しくないだろう、
その光はもう手垢《てあか》にまみれているだろう
もしきみがいなかったら。

もしきみがいなかったら
ぼくの空は崩れ落ちて、雨ばかり延々と
降りつづくだろう、きみの愛がなかったらぼくは
いつまでも真っ暗闇の中、
もしきみがいなかったら。

もしきみがいなかったら
ぼくの冬は終わらない、春が遠ざかって、たとえ
コマツグミが鳴いても、ぼくの耳には届かないだろう、
迷いっぱなしで、なにも胸に響かない、
もしきみがいなかったら。

日本の一九七〇年代の歌謡曲にも、「もしも」がキーワードの「あなた」というのがあった。小坂明子が十六歳のときに発表して大ヒットとなったが、あらためて聴けば、かすかに高村光太郎の影響が認められる気もしなくもない。もしかして多感なその時分に、『智恵子抄』を初めて読んだのか。

あなた

小坂明子

もしも私が家を建てたなら
小さな家を建てたでしょう
大きな窓と小さなドアーと
部屋には古い暖炉《だんろ》があるのよ
真赤なバラと白いパンジー
小犬の横にはあなたあなた
あなたがいてほしい
それが私の夢だったのよ
いとしいあなたは今どこに

ブルーのじゅうたん敷きつめて
楽しく笑って暮すのよ

家の外では坊やが遊び
坊やの横にはあなたあなた
あなたがいて欲しい
それが二人の望みだったのよ
いとしいあなたは今どこに

そして私はレースを編むのよ
わたしの横には　わたしの横には
あなたあなた　あなたが居てほしい

西洋への憧れたっぷりに、自分が「ほしい」と思う家を、窓とドアの大きさから暖炉の年代から絨毯《じゅうたん》の色まで細かく描く。小犬も坊やもあしらって、レースまで編んでしまい、それを洗いざらい「あなた」に、「もしも」でもって託そうとしている。しかし「あなた」がいったいどういう人物なのか、相手に関する描写は皆無だ。

少し穿鑿《せんさく》すれば、おそらく「あなた」は最初から「二人の望み」など共有していなかったのではないか。まあ、「あなた」を限定しないで上手にごまかすことが、ミリオンセラーを飛ばすコツのひとつではあるが。

いずれにしろ、「もしも」をこれほど効率よく使った歌謡曲は、ほかにないかもしれない。すべてがその仮定の上に成り立っているというのに、しょっぱなのたったの一個の「もしも」で間に合わせたのだ。ディランの「もしきみが」の**if**の奮発ぶりとは対照的だ。

後悔と向き合うためには、「もしも」が必要な思考の道具であり、失恋の歌に多用されるのは当然といえる。ただ、失恋だけでなく、対象として曖昧な、人生の茫漠《ぼうばく》たる後悔を見つめる場合でも「もしも」が重宝する。

アメリカの詩人ジェイムズ・スカイラーは、たわいない「できなかったこと」を振り返り、軽やかに「あいさつ」という詩にアレンジした。ところが、ほれたはれたの歌謡曲よりも心にじんとくるものがある。ここでも**if**が欠かせない言葉だ。

Salute

James Schuyler

Past is past, and if one
remembers what one meant
to do and never did, is
not to have thought to do
enough? Like that gather-
ing of one of each I
planned, to gather one
of each kind of clover,
daisy, paintbrush that
grew in that field
the cabin stood in and
study them one afternoon

before they wilted. Past
is past. I salute
that various field.

あいさつ

ジェイムズ・スカイラー

過ぎ去った日々は、二度と戻ってこない。
けれど、もし本気でやろうと思いながら
ついにできなかったことがあった
としても、それはそれで充分ではないか。
本気だったということを思いおこせば。
むかし、山小屋がぽつりと建っていた野原に
ヒナギクやクローバーやヤナギタンポポが

何種類も咲きこぼれていた。ぼくはいつか
一輪ずつつんできて、みんな集めて
午後のひとときそれぞれの特徴を見つめて
調べようと思っていた。その花びらが
しぼまないうちに。過ぎ去った日々は
二度と戻ってこない。ぼくは花いっぱいの
あの野原に、手を振る。

もしもごっこ

日本語と英語とが比較されるとき、決まって前者のほうが曖昧だという話になる。ジャパニーズ・ランゲージは白黒をつけない、グレーゾーンにただようおぼろげな表現が多いと、相場が決まっているようだ。そんなどんぶり勘定の日本語に対し、英語は正確で明朗会計に思われているらしい。

その延長線上で、ネイティヴ・イングリッシュ・スピーカーのぼくは、しょっちゅういわれる。「日本語って、はっきりしないことが多いから、覚えるのに苦労したでしょ?」

もちろん、語学は楽な道ではない。でも、どんな外国語を選んでも、覚えるのに苦労するはずだ。日本語は難しいところがいっぱいあるが、世界の中でとりわけ曖昧というわけでも

なく、習得する者がひっかかってしまう欠陥などないと、ぼくは思う。余韻《よいん》を「言わぬは言うに優《まさ》る」や「言わぬが花の吉野山」といった表現に見られるように、大切にする日本語の流れは脈々とつづいている。しかしどの言語にも、微妙な綾《あや》とニュアンスによって伝えられる意味が必ずあって、その類《たぐ》いの「みなまで言うな」の表現を呑み込み、身につけるプロセスこそが語学ではないか。もっといえば、最初、曖昧に思われた言葉が次第に曖昧ではなく、よくわかる細やかな言葉に変身していけば、やっとそこで言語を習得できたということになるのだ。

日本語に深くわけ入り、あらためて英語と比べてみると、むしろ後者のほうが曖昧じゃないかと思えることもある。たとえば、「鬼ごっこ」に関してだ。

ぼくは二十二歳のときに来日したので、当初のひとり暮らしの中、鬼ごっこに興じる機会は巡ってこなかった。ところが、池袋の近所の習字教室に通い始め、先輩の小学生たちと仲よくなり、そのうちメンコだのガチャガチャだのを教わり、ランドセルもちょっと背負ってみたりして、また休日に小学校の校庭での「鬼ごっこ」にも参加させてもらった。

まずその呼び名に驚いた。「鬼ごっこ」と聞いて初めは、なにかモンスターのまねごとでもするのかと思っていたら、ルールは自分が子どものころにミシガンでさんざんやった tag というゲームと、酷似《こくじ》しているではないか。

いいや、そう思ってみんなといっしょに遊んでみたら、ルールが似ているどころかまったく同じだった。「鬼ごっこ」イコール tag と、完璧な同意語なのだ。

tag という単語は、古い英語に由来していて touch とか tap と同様の意味。したがって、直訳すると「タッチ」といったネーミングだ。ま、鬼がほかの連中を追い回し、だれかにタッチすれば、今度はそいつが鬼になるという遊びなので、英語名はそのメカニズムに焦点を当てているわけだ。でも「鬼」のことを monster とも devil とも ogre とも demon とも呼ばずに、オールラウンドでどうにでも解釈できる、極めてうやむやな代名詞の **it** が使われる。「お前が鬼だ」というときは "You're it." だし、「鬼はだれ?」と聞く場合は "Who's it?" となる。そんな **it** が具体的に、果たしてどういう意味なのか。

補足説明など一切なく、はっきり認められるのは he でも she でもなく、あえて **it** と呼ぶことによって、得体の知れない雰囲気が醸し出されることだ。強いていえば、怪しい「人でなし」といった印象がひそんでいる。

しかしそれがなんなのか、来日して「鬼ごっこ」に出くわすまでは、ぼくは深く考えたことがなかった。ミシガンで tag の遊びを何百回もやっていたというのに、自分も**it**に何百回もなっていたというのに。やはり「鬼」と比較して、英語の**it**が百倍くらい曖昧なのだ。

むかしミシガンでの tag に、隣の家のメアリーと弟のダッグ、その又隣ののっぽのデイヴと弟のケーシーと、それから斜向《はすむ》かいの家のエイミーもいつも参加していた。エイミーは足が速く、とてもすばしこかったが、彼女の発音がちょっと独特で、子音をいうときに少々息が漏れる感じだった。たとえば t が、どこか f と s を掛け合わせたような音になり、鬼の**it**として彼女がだれかにタッチすれば “You're it!” と叫び、でもそれが “You're if!” に聞こえたりした。いつかぼくは “I'm if? What's if?” と彼女をからかったこともあった。無論、つかまってしまった悔しさを、意地悪くまぎらそうとしただけだったが。

けれど、詩を書くようになってから、あの tag を通しての**it**と**if**の交差を思い出し、ただならぬ偶然の一致と感じて、うなずいた。詩人はときおり**if**という単語を、鬼ごっこのタッチみたいに使い、一時的な変身を読者に体験させようとする。理屈ではなく「もしも」の飛躍の力で、常識の枠外へひょいっと連れていき、別天地を見せたい。

もしそれができれば、作品は立派に成功する。

二十世紀のアイルランドの詩人ショーン・オリオーダンは、そんな「鬼ごっこ的もしも」を、馬と馬丁《ばてい》をうたったSwitch という一篇で用いている。悲しみが全体に染みわたるテーマで、それなのにオリオーダンは悲しみの中身をまったく語らず、曖昧な状態のままで読者に味わわせようとする。実に危うい作戦だが、三行目の**if**が功を奏して、読者は一瞬、馬の身になって考える。その「タッチ」の上に、詩が成り立つのだ。

Switch

Seán Ó Riordáin

'Come here,' said Turnbull, 'till you see the sadness
  In the horse's eyes,
If you had such big hooves under you there'd be sadness
  In your eyes too.'

It was clear that he understood so well the sadness
  In the horse's eyes,
And had pondered it so long that in the end he'd plunged
  Into the horse's mind.

I looked at the horse to see the sadness
  Obvious in its eyes,
And saw Turnbull's eyes looking in my direction
  From the horse's head.

I looked at Turnbull one last time
  And saw on his face
Outsize eyes that were dumb with sadness —
  The horse's eyes.

入れかわり

ショーン・オリオーダン

「こっちへ来てごらん」とターンブルおじさんは言った。
「もっとそばへ寄ってみて、馬の目の奥の悲しみが見えるまで。
おまえも、もしこんなにでっかい蹄《ひづめ》の上に、ずっと立って生きていたら
きっと悲しみが、おまえの目にも溜《た》まるだろう」

ターンブルおじさんはだれよりも馬の目の
悲しみをよくわかっていた。長年つき合って
そのことをじっと考え、彼はとうとう
馬の心にもぐりこんだようだった。

ぼくは馬を見つめた。その目に

悲しみがはっきり表れていた。そして馬の頭から、いつしかターンブルおじさんの目が、ぼくを見返しているのに気づいた。

別れる前にもう一度、ターンブルおじさんの顔をぼくはまじまじと見た。そこには悲しみをあまりにいっぱい溜めこみ、すっかり押し黙ってしまった大きな目があった。馬そのもの、その目が。

「鬼ごっこ」という日本語を覚えてから三年ほど経ったころに、ぼくは『古今和歌集』を読み始めた。そしてさらに一年ばかりすぎて、どうにか八九五番目の歌までたどりつき、そこで習字教室の仲間と校庭で遊んだ記憶が、鮮やかによみがえった。

作者の「翁」は、まるで鬼ごっこでもするような感覚で、「老い」というやつと向き合い、タッチされてしまったことを歎いている。

老《お》いらくの来《こ》むと知《し》りせば門《かど》さしてなしと答《こた》へて逢《あ》はざらましを

If I'd known when Old Age was coming, I'd have locked
the gate and answered, "Nobody home!"— instead
I met this most unwelcome guest.

隠れん坊にも通じるたとえだが、英訳しようとするとheかsheかの代名詞の問題にぶつかり、「老いらく」は男なのか女なのか……いや、男でも女でもなく、きっと**it**であろうと「鬼ごっこ」の感覚のほうへ戻ってくる。ぼくは最終的に、代名詞を使わないで済むunwelcome guestという表現をつくって、英語の読者の想像に任せた。

日本語の原文には「もしも」は入っていないが、「せば」と「ましを」の流れを伝えるには**if**が必要になる。またOld Ageの変身を演出するためにも、やはり**if**のバネが欠かせないのだ。

本格的な「老いらく」は、ぼく自身の門へは、まだやってこないので、どこか気楽に八九五番の歌を鑑賞しているかもしれない。ただ、自分の人生において一度、思いっきりタッチされ、いきなり**it**になって呆然《ぼうぜん》と立ちすくんだことはあった。十二歳のときだ。飛行機の墜落事故で父親が死んで、一夜にして長男のぼくが、父親の立場になってしまった。

もちろん、とても背負えない負担と、ちっとも果たせない責任ばかりだったが、それでも家族にぽっかり開いた穴に、自らが吸い込まれてそこから出られず、耳の鼓膜《こまく》の奥でだれかが"**You're it.**"とささやいているようだった。

子にとっては親の存在が大きく、おそらく年齢に関係なく、事故死か病死か老衰かも関係なく、親を失えば、とてつもない**it**にタッチされたみたいに、立場ががらりと変わる。

一八九二年に生まれたアメリカの詩人エドナ・セントヴィンセント・ミレーは、母親の強さを岩にたとえて、同じ荷を背負えない自分をしみじみと描いた。この「母が持っていた勇気」という詩でも**if**は、母の勇気へ背伸びするためのバネだ。

The Courage That My Mother Had

Edna St. Vincent Millay

The courage that my mother had
Went with her, and is with her still:
Rock from New England quarried;
Now granite in a granite hill.

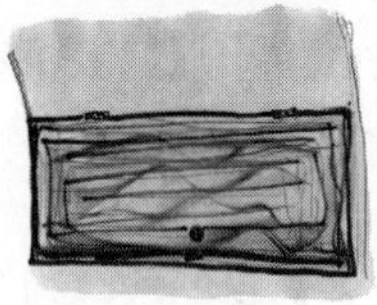

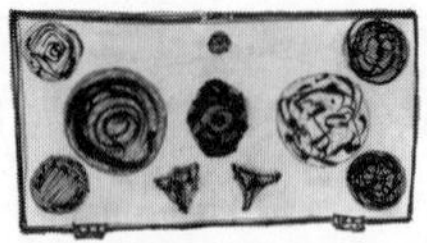

The golden brooch my mother wore
She left behind for me to wear;
I have no thing I treasure more:
Yet, it is something I could spare.

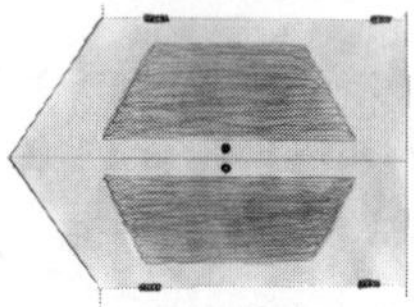

Oh, if instead she'd left to me
The thing she took into the grave! —

That courage like a rock, which she
Has no more need of, and I have.

母が持っていた勇気

エドナ・セントヴィンセント・ミレー

母が持っていた勇気は、いっしょに
去っていき、今も母とともにある。
ニューイングランドの山から切り出された御影石《みかげいし》が
再びその山の上に据《す》えられ、母もその地に戻った。

母が胸につけていた金のブローチは
わたしのものになった。母が残してくれた
なによりの宝だ。宝ではあるけれど、それが

なくても、わたしは生きていくことができる。

母がもし、岩のようなあの勇気を
かわりに残してくれていたら！
今の母には必要ないかもしれないもの——
でもわたしにあったなら、どんなにか。

空飛ぶ「もしも」

英語で「飛ぶ」ことを fly という。

英語で「蝿《はえ》」のことも fly という。

一匹の蝿が、たとえ飛ぶことをしばしやめて、静かに手を擦り合わせていたとしても、やはり fly のままだ。

むかし、ミラノに住んでいたとき、世話になったイタリア語学校の先生に、そのことでちょっとからかわれたことがあった。ま、最初は、ぼくのほうの売り言葉から始まった話だったが。

その日の授業で、世界地図を広げて各国の首都のイタリア語名を勉強していた。

当時、一九八八年だったので「ソ連の首都」として、モスクワの番が巡ってきて、イタリア語ではそれを Mosca と呼ぶと、先生はいった。もと昆虫少年のぼくは、すでに「蠅」のイタリア語をばっちり頭に入力していたけれど、それも同じ mosca だ。

「虫の蠅とソ連の首都と、スペルも発音もいっしょって、変じゃないの?」とぼくが生意気にも、オリビア先生に問いただした。すると、英語が達者な彼女はこう答えてくれた。

「たしかに、それはその通り。しかし、わたしはいつも不思議に思うの。白鳥も鶴も鷹《たか》も、鷲《わし》も隼《はやぶさ》も鷗《かもめ》も、雲雀《ひばり》も椋鳥《むくどり》もみんな美しく空高く飛翔しているというのに、英米人は蠅しか目に入らないのかしら? それとも、蛆虫《うじむし》がよっぽど好きなのか、とにかく『飛ぶ』と『蠅』と、まったく同じなのだから!」

ヨーロッパ大陸の各国からきたクラスメートたちは全員、笑い出して、ぼくも苦笑して先生に頭を下げた。

それ以来、イギリスの大詩人ウィリアム・ブレイクを読む際に、決まってオリビア先生のきりっとした顔が浮かんでくる。なぜならブレイクの代表作には、「英米人は蛆虫が好きなのか」とも思われるような、やさしい The Fly という一篇がある。

ブレイクは**if**を駆使して、自分を一匹の蠅と同化させる。これほどの愛情をflyに注いだ詩には、なかなかお目にかかれない。（英文はp.265）

ハエに

ウィリアム・ブレイク

ちっちゃいハエよ、おまえはただ
夏のひと時を満喫しようとしていただけのこと。
それなのに、ぼくのこのガサツな手に払いのけられて
パシッと叩かれそうになった。

ぼく自身、おまえみたいなハエに
すぎないというのに……いや
それとも、おまえが人間のぼくとさほど

変わらないといったほうがいいのか。
なにしろぼくだって、ひと時ちょっと
踊って、飲んで、歌って、そのうち
どこから襲ってくるのか、見えない手に
払いのけられ、叩かれて羽を折られるだろう。

生きるとは、いったいどういうことか。もし
呼吸も体力もみんな、なにかを思うことから
始まっているのなら、そして死が
もし、なにも思わないことなら……

ぼくはまったく
幸せなハエなのだ。
もしも長く生きたとしても、

いま死んだとしても。

一九九〇年に来日し、日本語学校に通い出したぼくにとって、当然動詞のflyと名詞のflyは関心度の高い単語だった。さっそく「とぶ」と「ハエ」を覚えて、やはり同音異義語ではなかったことにうなずき、またそこでオリビア先生の顔を思い浮かべた。つづいて「飛」と「蠅」の漢字も呑み込み、飛ぶことの躍動感と、蠅のしぶとい迫力が、一段と印象深く身にしみる思いがした。同時に飛行関連の言葉を学ぶ中で、恐るべき同音異義語が日本語にもひそんでいたことを知った。「羽」と「羽」だ。

白鳥の体には白い feathers が生えている。
白鳥は wings を広げて湖面から飛び立った。

英語では、まず同一視することがありえない、この feathers と wings とが、日本語になるとどちらも「羽」。池袋の日本語学校の初級クラスでぼくは驚き、和英辞典を引いてあらためて面食らい、ひょっとしたら飛行技術においては、英語のflyとfly以上に、この「羽」と「羽」の重なりのほうが、ややこしいんじゃないかとも思った。

また、日本語で「先生がいなかったので生徒たちは羽をのばした」といったとき、のばされていたのはwingsなのかfeathersなのか気になり、いまいち比喩のイメージがわかない。しかもfeathersを持たない昆虫類のwingsをさす場合は、「翅《はね》」の漢字が用いられることがあり、その区別はありがたいが、そもそも鳥類の「羽」と「羽」のごっちゃ混ぜ状態を、漢字でどうにかできないのか？　一応、羽子板でつく「はね」は、「羽根」と表記して使いわけはするが。

もちろん、一〇〇パーセント確実に鳥のwingsを表したいのであれば、「翼《つばさ》」という単語があり、並びにfeathers限定の「羽毛《うもう》」も用意されている。つまり結果的には、不自由なく飛行を語ることは可能だ。ただ、日本語の詩の中で「翼」と出合えば、ぼくはつい「羽では混同する恐れがあったから選んだのかな」と、書き手の言葉の選択について詮索《せんさく》してしまう。

人形劇『ひょっこりひょうたん島』から生まれた歌に、「もしもぼくに翼があったら」という秀作がある。初めて耳にしたとき、ぼくは「もしも『もしもぼくに羽があったらなぁ』となっていたら、全身羽毛に覆われた博士くんを想像する人もいなかったとは限らないので、井上ひさしさんと山元護久《やまもともりひさ》さんは『翼』にしたんだなぁ」と、よけいな当て推量をした。

もしもぼくに翼があったら

もしもボクに翼があったらなあ　空はボクのもの
高く高く高く高く飛ぶんだ
幸せの星を集めて　キミとボクの胸に飾ろうよ
それはボクたちのワッペン

もしもボクに翼があったらなあ　空はボクのもの
早く早く早く早く飛ぶんだ
七色の虹の橋を　キミとボクの心にかけようよ

それはボクたちのハイウェイ
もしもボクに翼があったらなあ

思えばこの If I had wings... というあたりが、人間の「もしも」のひとつの基本形であり、あるいは「もしも」の出発点といってもいいのかもしれない。「もしも翼があったら……」とか「もしも空が飛べたら……」とか、そんなことを一度も想像してみたことのない人は、果たしてこの世にいるだろうか。古今東西に通ずる最も普遍的な**if**で、ギリシア神話のイカロスを始めとして数多くの冒険家が自然に逆らい、その「もしも」を原動力に人工の翼作りに挑み、それが今日の航空技術を生み出した。

If I could fly... という普遍的な「もしも」が、万国の詩歌にごまんとあるが、いろいろ集めてざっと点検してみると、なんだか平凡に終わっている作品が大半だ。たぶん、あまりにも大きな、根本的な発想であるがゆえに、そこからさらに飛躍するのが難しいのだろう。

だれもがいつかは耽《ふけ》る思いなので、そのもっともっと先まで飛ばなければ、発見には至らないのだ。

オーストラリアの詩人アニタ・ポージーは、焦点を翼そのものに合わせて wings の種類の列挙から、新しい視点を編み出した。ところが、昆虫の wings もリストに含まれているので、「翼」とは訳せず、「羽」としてみた。(英文は p.267)

もしも好きな羽を一対選んでいいのなら

アニタ・ポージー

もしも好きな羽を一対、なんでも選んでいいのなら
わたし、どれにしようかしら？　もしかして
ツグミの羽をひとくみ身につけて軽々と
木々をこえて空をすべっていくのがいい？
それとも、カモメの羽をもらって海の上を

波すれすれに飛ぶほうが楽しいかしら？
いそがしく花たちをブンブンブーンと
たずねていくんだったら、ハチの羽がいい。
トンボの羽だったらズンズンズーンと
湖をこえ、川をこえてあちこち偵察できる。
またワシの羽が一対あれば、どんなに
高くそびえる山でも、ひとっ飛び！
チョウチョの羽をつけたら、わたしはたぶん
ヒラヒラヒラリとどこかへいなくなるでしょう。
でも、蚊《か》の羽を選んだなら、きっとスイスイ
はばたきながら、チクリチクリみんなを刺しちゃうわ。

最後が蚊で結ばれているところに、ちょっとした諷刺の隠し味があり、全体をうまく引き締めている感じだ。

もう一人の女性詩人、デンマークに生まれてアメリカで育ったエルス・ミナリクも、蚊を見つめて愉快な一篇を作った。羽よりも蚊の痩身《そうしん》がポイントだ。そして**if**はその痩せ細り方のゆくえを、読者に想像させる虫眼鏡の役割を果たす。

When Mosquitoes Make a Meal

Else Minarik

When mosquitoes make a meal,
arms and legs have great appeal.

But they stay out when we go in.
That's why mosquitoes are so thin.

And if we keep them from their dinner,

they're bound to grow a great deal thinner.

蚊がおなかをすかせているとき

エルス・ミナリク

蚊がおなかをすかせているとき、
わたしたち人間の手足は、最高のごちそうだ。

でも、わたしたちが家に入って隠れるので、
蚊はみんなひもじく、あんなに体がほそっぴなのだ。

もしこのまま、わたしたちがずっと蚊をしめ出せば、
きっとさらにやせほそり、もっともっとほそっぴに。

詩人が「もしも空が飛べたら」のハードルを飛びこえ、それを前提にしながら新たな「もしも」を見出した作品のほうが、読み手のイマジネーションをくすぐる。九十三歳で生涯を閉じるまで、アメリカで優れた詩を子どもたちのために書き続けたエリザベス・コーツワースは、鷗《かもめ》といっしょに海の上を飛ぶ一篇を作った。しかしその飛躍を、いわずもがなのことにして、海面の近くを泳ぐ魚たちに警告を発するところまでイメージを広げた。

ここでも**if**が、その魚たちの頭の中を探るのにそっと使われ、それは、イメージの広がりのいちばん先っぽにあるディテールだ。

Sea Gull

Elizabeth Coatsworth

The sea gull curves his wings,
the sea gull turns his eyes.

Get down into the water, fish!
(if you are wise.)

The sea gull slants his wings,
the sea gull turns his head.
Get deep into the water, fish!
(or you'll be dead.)

カモメ

エリザベス・コーツワース

カモメの翼が風を切ってカーブする。
カモメの目はジロッ、ジロッと見まわす。
魚たちよ！　すぐにもぐるんだ！

（もしおまえたちがかしこければ）
カモメは翼を急にかたむけてかまえる。
カモメは頭もかたむけてじっと見おろす。
魚たちよ！　うんとふかくもぐるんだ！
（もし死にたくなければ）

間抜けが勝ち？——あとがきにかえて

つきつめれば、詩というものは、役に立つのか立たないのか？

結局のところ、詩を読んだり作ったりすれば、賢くなるのかならないのか？

この『もしも、詩があったら』を編み終えてから、ぼくは原稿を読みなおして、そこであらためてというか、いまさらというべきか、そんな疑問がわいてきた。「詩の有用性」について ひさびさに考えをめぐらしてみて、するとミシガンの祖母から聞いた料理の話が思い出された。

祖母の作るローストチキンは、自他ともに認める逸品だった。ビーフシチューも、それからポテトサラダもしかり。なのに、材料が魚になると、祖母の料理の腕は不思議と鈍《にぶ》り、煮ても焼いてもうまくいかなかったのだ。

祖父のほうは釣りが好きで、週末にセントクレア湖などミシガン州南部の湖で糸を垂れ、バケツいっぱいの釣果《ちょうか》を家に持ち帰るのだった。それを祖母に任せると、どう出てくるのか不安なので、自分でさばいては煮たり焼いたりしていた。

祖父があの世へ旅立ったあと、祖母のその魚料理が不得意なことが、ちょっと変に思えて、本人に理由を聞いてみた。祖母いわく「もしおいしく料理を作ったら、毎回毎回、おじいちゃんが釣りに行くたんびに、こっちが振り回されてコックをやらされてしまう。それを避けるために、焦がしたりこぼしたり、うんとしょっぱくしたり、わざと失敗したのよ。そのおかげでおじいちゃんは、自分が釣ってきたものに責任を持つようになったわね」。

イギリスのノッティンガムにほど近いゴータムという小さな村は、昔から住民がみんな、なにもわからないことで有名だ。全員が無能で間抜け。「ゴータムの賢者」（Wise Man of Gotham）というのが、英語では「バカ」の代名詞になっている。マザーグースにこんな歌も入っているくらいだ。

Three wise men of Gotham,
They went to sea in a bowl,
And if the bowl had been stronger
My song had been longer.

ゴータム村の賢者が三人つれだって
茶碗に乗りこみ港から海へ出た……ああ
もしもその茶碗がもう少し丈夫だったら
この歌はもうちょっと長かったのだが

しかし本当は、ゴータム人はとても頭がよくて、わからないふりをしていただけだという説もある。今からおよそ八百年前のこと。英国のジョン王は、のどかなゴータムの地が大層気に入り、そこに新しい宮殿を建てようと考えていた。その情報を事前に嗅《か》ぎつけたゴータム人は、王様に来られたら農地を強制収用されてしまうし、ろくなことはないと、阻止を試みることにした。もちろん、デモ行進が許される時代ではないし、武力に訴えても勝算はゼロ。悩んだすえ、みんなで「愚か村作戦」をおこなった。

王様とその取り巻き連中が、建設予定地の下見にゴータムを訪れた際、村中がバカなふりをした。服装、歩き方、顔の表情も間抜けな感じで、話しかけられるとデタラメに答え、奇妙な声を発したりした。その演出にまんまとだまされたジョン王は、建設計画を中止にしたそうな。

国家が国民を餌食《えじき》にしたり、企業が労働者を骨までしゃぶったり、「経済成長」の名の下で人びとが家畜のごとく扱われる現代も、「愚か村作戦」はなかなか有効だと思う。ゴータム人のように「バカ」と呼ばれても、宮澤賢治といっしょに「デクノボー」と呼ばれようとも、抵抗して非協力に徹したほうが賢かろう。短期的に損するか得するかわからないが、わが祖母の教えから考えても、迎合《げいごう》しないことが肝心だ。

「芸は身を助く」というし、そのとおりだとぼくも思う。だが、一個のことわざの知恵だけで、権力者と渡り合えるわけではない。ときと場合により、「無芸を装うことも身を助く」のだ。つまり「能ある鷹は爪を隠す」の「爪」の意味が、とても幅広くて、祖母の魚料理の腕も含まれるということ。

世の中の価値基準を真に受けると、より効率よく、より便利に、より速く新しくグローバルにものごとを処理したほうが、勝ち組になれるという。アメリカでも日本でも、毎年おびただしい数の「ハウツー本」が出版され、役立つヒントとメソッドと知識が満載で、一見とても有用に見える。

そしてそんな「ハウツー本」といちばん馴染まず、その対極にあるのは、詩というやつだ。それは詩が役立たないからではなく、詩は「そもそも『役立つ』ってどういうこと?」と、バカみたいに問いかけてみるからだ。「役立つ知恵って、だれのために役立つの?」とか「そもそもそのメソッドって、より効率よく飛んで火に入る夏の虫になるためじゃないの?」とか、疑問を呈して、人びとの思考停止を突こうとするのが詩。ハウツー本の前提より、もっともっと前へ回りこみ、「そもそもこんなことをやらないほうがいいのでは?」と、詩人は「やり方」のHowを含む「やる理由」のWhyをも見据える。

思考停止は生活の随所にひそみ、みんなが気づいていないその具現を見つけて指摘するのも詩人の仕事だ。もちろん、ときには便利な文明の利器を逆手にとって利用することもある。二〇世紀のアメリカ文学に大きな足跡を残したビート詩人アレン・ギンズバーグは、そういう身近な麻痺《まひ》の現場を発見することに長《た》けていた。彼の詩を読んでぼくは、洗濯機がいかにやばいか初めて気づかされた。

電動の洗濯機ができたのは今から一世紀ほど前のことで、一九二〇年にはアメリカでの販売台数が一〇〇万を超えた。その後、全自動式のモデルが三七年に売り出され、戦後は加速度的に普及した。もし昔話に出てくるおばあさんのように、現代人のぼくらも川で洗濯していたら、もう少し考えるだろう。汚れを落とすのにどれほどの動力が必要か。産業廃棄物で川がどんなに汚されてしまっているか。合成洗剤による水質汚染についても……。

ところが、全自動式の洗濯機だと、どんどん放り込んで思考停止のままボタンを押し、あとはピーッとなるまでは忘れていていい。きれいになった洗濯物が出てきて、そのために何リットルの水が汚され、何ワットの電力が消費されたか、いちいち気にしなくて済む。洗えばきれいになるというプラスの面しか見えず、マイナス面は、知ったことじゃない。

アレン・ギンズバーグの詩には、全自動式洗濯機のプラス面を思いっきり拡大させ、全世界を巻き込んだ Homework という一篇の傑作がある。「家事」の Housework ではなく、あえて「宿題」の Homework なのだ。

宿題

アレン・ギンズバーグ

もし洗濯するとなったら、ぼくは汚れてしまったイランと
アメリカ合衆国をまずほうり込んで、洗剤をたっぷり注ぎ、
ついでにアフリカもごしごしやって、鳥たちと象たちに
きれいになったジャングルを返してやろう。それから
アマゾン川をすっかりすすぎ、油にまみれたカリブ海と
メキシコ湾をぴかぴかにして、北極の大気汚染をふき取り、
アラスカの石油パイプラインも払いのける。ばしゃばしゃ
ぼしょぼしょロスアラモスとロッキーフラッツの放射能を
洗浄して、ラブカナルに埋められた廃棄物、ちくちくする
セシウムとかをみな流してしまおう。ギリシアのパルテノンや
エジプトのスフィンクスに降る酸性雨をゆすいで、地中海に

溜まったへどろを排水口から出し、澄んだ青い海水を取り戻す。ライン川の上空も青くして、小さな雲を漂白、昔ながらの真っ白い雪を降らせる。ハドソン川とテムズ川、ネッカー川もすっかりさらって、エリー湖の垂れ流し公害をクリーニングしよう。そして強力コースで、東南アジアの血と枯れ葉剤を洗い落とし、ロシアと中国を脱水にかけ、アメリカの真っ黒い傀儡《かいらい》警察国家を中米から、絞《しぼ》り機でぎゅーっと。絞り終わったら、地球をまるごと乾燥機に入れ、二十分のコースか、じゃなければ十億年くらい、とにかくきれいになって出てくるまで……。

詩というものは、役に立つか立たないのか？　つきつめれば、それは「聞くだけ野暮《やぼ》」の部類に入る。「上半期決算報告の見栄えを良くするために、役に立つのか」という意味なら、おそらく役に立たないだろう。〇〇ノミクスを転がす効果を詩に求めても、それはお門違いというもの。でも「自分と自分の愛する人びとが生きのびるために、役に立つのか」といった次元であれば、もしかしたら詩は有用かもしれない。
ぼくも詩人のハシクレとして、「もしも」の力に助けられながら作品を書いている。生き残りたい一心で綴った一篇を、最後に記してみたい。

ねむらないですむのなら

アーサー・ビナード

ぼくらがもし
ねむらないですむのなら
仕事も勉強もどんどん
はかどって各分野で
技術がめざましく進歩し

能率があがって産業は
躍進をとげるだろう
もしぼくらがほんとうに
睡眠を必要としない
からだになっていたなら
いつもフルに働いて
森林がみな伐りたおされ
海も放射能の
スープと化して
産業廃棄物に
うずもれてとっくに
ぼくらは永遠の
ねむりについたろう

【本書で引用した詩のリスト】（一部、日本語の詩の英訳含む）

［はじめに］

■ Mistake of the Portuguese

Oswald de Andrade

When the Portuguese arrived
In a heavy storm
He clothed the Indian
What a pity!
If it had been a sunny morning
The Indian would have undressed
The Portuguese
（from *O Santeiro do Mangue e Outros Poemas,* Secretaria de Estado da Cultura, 1991）

（日本語訳「ポルトガル人のぽかミス」p.9）

■ from **Where I Lived, and What I Lived For**

Henry David Thoreau

If we do not get out sleepers, and forge rails, and devote days and nights to the work, but go to tinkering upon our *lives* to improve *them*, who will build railroads? And if railroads are not built, how shall we get to heaven in season? But if we stay at home and mind our business, who will want railroads? We do not ride on the railroad; it rides upon us. Did you ever think what those sleepers are that underlie the railroad? Each one is a man, an Irishman, or a Yankee man. The rails are laid on them, and they are covered with sand, and the cars run smoothly over them. They are sound sleepers, I assure you. And every few years a new lot is laid down and run over; so that, if some have the pleasure of riding on a rail, others have the misfortune to be ridden upon. And when they run over a man that is walking in his sleep, a supernumerary sleeper in the wrong position, and wake him up, they suddenly stop the cars, and make a hue and cry about it, as if this were an exception. I am glad to know that it takes a gang of men for every five miles to keep the sleepers down and level in their beds as it is, for this is a sign that they may sometime get up again.

(*Walden; or, Life in the Woods*, Ticknor and Fields, 1854)

（日本語訳　p.16）

[第 1 章]

■ Poems We Can Understand

Paul Hoover

(from *Somebody Talks a Lot*, The Yellow Press, 1982)

（日本語訳「わかる詩がほしい」p.29）

■ Free Pass

Jacques Prévert

(from *Paroles*, Gallimard, 1989)

(日本語訳「兵士の自由」p.39)

■ Sleeping

Vern Rutsala

(from *Little-Known Sports*, University of Massachusetts Press, 1994)

(日本語訳「睡眠」p.42)

■ Debt

Sunay Akin

(from *This Same Sky: A Collection of Poems from around the World*, edited by Naomi Shihab Nye, translated from Turkish by Yusuf Eradam, Aladdin, 1996)

(日本語訳「クレジット」p.44)

■ Maximus

D. H. Lawrence

God is older than the sun and moon
and the eye cannot behold him
nor voice describe him.

But a naked man, a stranger, leaned on the gate
with his cloak over his arm, waiting to be asked in.
So I called him: Come in, if you will! —
He came in slowly, and sat down by the hearth.
I said to him: And what is your name? —
He looked at me without answer, but such a loveliness
entered me, I smiled to myself, saying: He is God!

So he said: *Hermes!*

God is older than the sun and moon
and the eye cannot behold him
nor the voice describe him:
and still, this is the God Hermes, sitting by my hearth.
(from *The Complete Poems of D. H. Lawrence*, Wordsworth Editions, 1994)
(日本語訳「マキシマス」p.49)

■ **We Must Be Polite**

(Lessons for children on how to behave under peculiar circumstances)

Carl Sandburg

1

If we meet a gorilla

what shall we do?
Two things we may do
If we so wish to do.

Speak to the gorilla,
very, very respectfully,
"How do you do, sir?"

Or, speak to him with less
distinction of manner,
"Hey, why don't you go back
where you came from?"

2

If an elephant knocks on your door

and asks for something to eat,
there are two things to say:

Tell him there are nothing but cold
victuals in the house and he will do
better next door.

Or say: We have nothing but six bushels
of potatoes — will that be enough for
your breakfast, sir?
(from *The Complete Poems of Carl Sandburg,* Harcourt Brace Jovanovich, 1970)
(日本語訳「だれと出会っても失礼のないように」p.52)

■ If —

Rudyard Kipling

If you can keep your head when all about you
    Are losing theirs and blaming it on you;
If you can trust yourself when all men doubt you,
    But make allowance for their doubting too;
If you can wait and not be tired by waiting,
    Or being lied about, don't deal in lies,
Or, being hated, don't give way to hating,
    And yet don't look too good, nor talk too wise;

If you can dream — and not make dreams your master;
    If you can think — and not make thoughts your aim;
If you can meet with triumph and disaster

And treat those two impostors just the same;
If you can bear to hear the truth you've spoken
Twisted by knaves to make a trap for fools,
Or watch the things you gave your life to broken,
And stoop and build 'em up with wornout tools;

If you can make one heap of all your winnings
And risk it on one turn of pitch-and-toss,
And lose, and start again at your beginnings
And never breathe a word about your loss;
If you can force your heart and nerve and sinew
To serve your turn long after they are gone,
And so hold on when there is nothing in you
Except the Will which says to them: "Hold on";

If you can talk with crowds and keep your virtue,
　　Or walk with kings — nor lose the common touch;
If neither foes nor loving friends can hurt you;
　　If all men count with you, but none too much;
If you can fill the unforgiving minute
　　With sixty seconds' worth of distance run —
Yours is the Earth and everything that's in it,
　　And — which is more — you'll be a Man, my son!

(from *A Child's Anthology of Poetry*, Harper Collins, 1995)
(日本語訳「もし」p.62)

■ If

John Kendrick Bangs

(from *The Oxford Book of Children's Verse in America*, Oxford University Press, 1985)
(日本語訳「もし」p.66)

[第 2 章]

■ Advice

Bill Holm

(from *The Dead Get by with Everything*, Milkweed Editions, 1991)

(日本語訳「アドバイス」p.77)

■ If I Ever Get a Woman

Yamanokuchi Baku

If I ever manage to get a woman all my own,
I'm gonna climb up on the roof
of that Marunouchi Building

or shinny up one of those factory smokestacks
and shout from on high,

"I did it !"
"I got her !"
"Got me a woman!"

I'll announce it at the top of my lungs,
and maybe even wave her round and round
for everybody to see, till she's all worn out.
Why, I might slap this whole damn city
across the face with my woman, just to show them
that even I could manage to get one... though
I do realize, it's just a regular,
run-of-the-mill sort of achievement.

（英訳：アーサー・ビナード、原文「若しも女を摑んだら」p.84）

■ To Women, As Far As I'm Concerned

D. H. Lawrence

（from *The Complete Poems of D. H. Lawrence*, Wordsworth Editions, 1994 ）

（日本語訳「女性のみなさんに、言わせてもらえるなら」p.88）

■ The Sentimentalist

Marianne Moore

（from *Becoming Marianne Moore: The Early Poems, 1907-24*, University of California Press, 2002）

（日本語訳「センチメンタルな船員」p.97）

■ "If There Were, Oh! an Hellespont of Cream"

John Davies of Hereford

If there were, oh! an Hellespont of cream
Between us, milk-white mistress, I would swim
To you, to show to both my love's extreme,
Leander-like, — yea! dive from brim to brim.
But met I with a buttered pippin-pie
Floating upon 't, that would I make my boat
To waft me to you without jeopardy,
Though sea-sick I might be while it did float.
Yet if a storm should rise, by night or day,
Of sugar-snows and hail of caraways,
Then, if I found a pancake in my way,
It like a plank should bring me to your kays;

Which having found, if they tobacco kept,
The smoke should dry me well before I slept.

(from *The Broadview Anthology of British Literature, Concise Edition, Volume A*, Broadview Press, 2007)

(日本語訳「もしもクリームの海峡が」p.99)

■ **An Argument**

Thomas Moore

(from *A Book of Love Poetry*, Oxford University Press, 1986)

(日本語訳「ひとつの主張」p.102)

■ **English Girl Eats Her First Mango**（a kind of love poem）

John Agard

(from *Mangoes & Bullets: Selected and New Poems, 1972-84*, Longwood Pr Ltd, 1985)

(日本語訳「イギリスから来た彼女がはじめてマンゴーを食べる（一種の恋歌)」p.107)

■ Problems with Hurricanes

Victor Hernández Cruz

(from *Red Beans*, Coffee House Press, 1991)

(日本語訳「ハリケーン注意報」p.114)

[第3章]

■ Katmandu

Bob Seger

(from *Beautiful Loser*, Capitol Records, 1975)

(日本語訳「カトマンズ」p.124)

■ Family Court

Ogden Nash

(from *The Best of Ogden Nash*, Ivan R. Dee, 2007)
(日本語訳「家庭裁判所」p.136)

■ Discovery

Hilaire Belloc

(from *The Oxford Book of Short Poems*, Oxford University Press, 1985)
(日本語訳「発見」p.138)

■ Behaviour of Money

Bernard Spencer

Money was once well known, like a townhall or the sky
or a river East and West, and you lived one side or the other;
Love and Death dealt shocks,
but for all the money that passed, the wise man knew his brother.

But money changed. Money came jerking roughly alive;
went battering round the town with a boozy, zigzag tread.
A clear case for arrest;
and the crowds milled and killed for the pound notes that he shed.

And the town changed, and the mean and the little lovers of gain
inflated like a dropsy, and gone were the courtesies
that eased the market day;
saying, ‘buyer’ and ‘seller’ was saying, ‘enemies’.

The poor were shunted nearer to beasts. The cops recruited.
The rich became a foreign community. Up there leaped
quiet folk gone nasty,
quite strangely distorted, like a photograph that has slipped.

Hearing the drunken roars of Money from down the street,
'What's to become of us?' the people in bed would cry:
'And oh, the thought strikes chill;
what's to become of the world if Money should suddenly die?

Should suddenly take a toss and go down crack on his head?
If the dance suddenly finished, if they stopped the runaway bus,
if the trees stopped racing away?
If our hopes come true and he dies, what's to become of us?

Shall we recognise each other, crowding around the body?
And as we go stealing off in search of the town we have known
— what a job for the Sanitary Officials;
the sprawled body of Money, dead, stinking, alone!'

Will X contrive to lose the weasel look in his eyes?
Will the metal go out of the voice of Y? Shall we all turn back
to men, like Circe's beasts?
Or die? Or dance in the street the day that the world goes crack?
(from *Complete Poetry, Translations & Selected Prose*, Bloodaxe Books, 2011)
(日本語訳「マネーの振る舞い」p.144)

■ The State of the Economy

Louis Jenkins

(from *Sea Smoke*, Holy Cow! Press, 2004)

(日本語訳「現在の経済動向」p.148)

■ If I Get Some Money

Takeuchi Kozo

If I get some money
maybe I'll buy myself a pair of geta clogs.
I can't walk around in borrowed geta forever.

If I get some money
maybe I'll buy a flower vase —
and tidy this little room — to freshen things up.

If I get some money
I'll buy myself a teakettle, cause even though
I've got some tea leaves, right now there's no way to brew.

If I get some money
I'll buy a streetcar pass.
A bit pricey, but I really can't do without.

If I get some money
I'll buy a case for my records.
It's just a matter of time before I step on one and "crack!"

If I get some money,
oh, if I ever get some money,
first I'll have to pay my debts, which means,
in the end, I won't have any money at all.
So then, I'll borrow some money again,
buy books, go to the movies, eat out
at noodle shops, sushi shops, and buy
a pack of Golden Bat cigarettes.
What's money for, if not to go from hand
to hand, round and round among us?

I've got all these books, so maybe
I'll buy another bookcase too.
（英訳：アーサー・ビナード、原文「金がきたら」p.150）

■ Half-and-Half

Naomi Shihab Nye

(from *19 Varieties of Gazelle: Poems of the Middle East*, Greenwillow Books, 2005)
（日本語訳「どちらも」p.156）

■ Bring 'Em Home

Pete Seeger

(from *Young Vs. Old*, Columbia, 1971)
（日本語訳「帰国させよう」p.161）

■ If War Should Come

Benjamin Musser

（from *Poems of War Resistance: from 2300 B.C. to the Present*, Grossman Publishers, 1969）

（日本語訳「もし戦争になるのなら」p.166）

[第 4 章]

■ If I Should Die

Ben King

If I should die to-night
And you should come to my cold corpse and say,
Weeping and heartsick o'er my lifeless clay —
If I should die to-night,

And you should come in deepest grief and woe —
And say: "Here's that ten dollars that I owe,"
I might arise in my large white cravat
And say, "What's that?"

If I should die to-night
And you should come to my cold corpse and kneel,
Clasping my bier to show the grief you feel,
I say, if I should die to-night
And you should come to me, and there and then
Just even hint 'bout payin' me that ten,
I might arise the while,
But I'd drop dead again.
(from *Ben King's Verse*, Press Club of Chicago, 1894)
(日本語訳「もしぼくが死んだら」p.173)

■ A Story That Could Be True

William Stafford

If you were exchanged in the cradle and
your real mother died
without ever telling the story
then no one knows your name,
and somewhere in the world
your father is lost and needs you
but you are far away.

He can never find
how true you are, how ready.
When the great wind comes
and the robberies of the rain

you stand in the corner shivering.
The people who go by —
you wonder at their calm.

They miss the whisper that runs
any day in your mind,
"Who are you really, wanderer?" —
and the answer you have to give
no matter how dark and cold
the world around you is:
"Maybe I'm a king."
(from *Stories That Could Be True: New and Collected Poems*, Harper & Row, 1977)
（日本語訳「絶対にありえないとも限らない物語」p.180）

■ If Not for You

Bob Dylan

（from *New Morning*, Columbia, 1970）

（日本語訳「もしきみが」p.189）

■ Salute

James Schuyler

（from *Salute*, Tiber Press, 1960）

（日本語訳「あいさつ」p.196）

■ Switch

Seán Ó Riordáin

（from *Eireaball Spideoige*, Sáirséal agus Dill, 1952）

（日本語訳「入れかわり」p.204）

■ The Courage That My Mother Had

Edna St. Vincent Millay

(from *Collected Poems: Edna St. Vincent Millay*, HarperCollins Publishers, 1975)

(日本語訳「母が持っていた勇気」p.209)

■ The Fly

William Blake

Little Fly,
Thy summer's play
My thoughtless hand
Has brushed away.

Am not I
A fly like thee?

Or art not thou
A man like me?

For I dance,
And drink, and sing,
Till some blind hand
Shall brush my wing.

If thought is life
And strength and breath,
And the want
Of thought is death;

Then am I
A happy fly,

If I live
Or if I die.
(from *Songs of Innocence and of Experience*, 1794)
(日本語訳「ハエに」p.213)

■ If I Could Have a Pair of Wings

Anita E. Posey

If I could have a pair of wings,
  Do you suppose that I
Would choose a pair of robin's wings
  And skim across the sky;
Or would I take the wings of gulls
  And glide across the seas;
Or would I buzz around the flowers

With wings of busy bees?
I could, with wings of dragonflies,
Dart over lakes and creeks;
Or with a pair of eagle's wings
Soar over mountain peaks.
Perhaps, with wings of butterflies,
I'd flutter out of sight;
But with mosquito wings, I guess,
I'd flit about and bite.

(from *My First Oxford Book of Poems*, Oxford University Press, 2000)

（日本語訳「もしも好きな羽を一対選んでいいのなら」p.219）

■ **When Mosquitoes Make a Meal**

Else Minarik

(from *The Random House Book of Poetry for Children*, Random House, 1983)

(日本語訳「蚊がおなかをすかせているとき」p.222)

■ **Sea Gull**

Elizabeth Coatsworth

(from *The Random House Book of Poetry for Children*, Random House, 1983)

(日本語訳「カモメ」p.224)

[あとがき]

■ **Homework**

Allen Ginsberg

(from *Collected Poems, 1947-1980*, Harper & Row, 1984)

(日本語訳「宿題」p.232)

本書は、『本が好き!』２００９年5月号～２０１０年1月号、および『小説宝石』２０１０年3月号～２０１０年10月号に連載された「もしも詩があったら」を元に加筆修正を加え、新書化したものです。

アーサー・ビナード

1967年米国ミシガン州生まれ。高校時代から詩作を始め、ニューヨーク州コルゲート大学英米文学部を卒業。'90年に来日後、日本語での詩作を始める。2001年、第一詩集『釣り上げては』(思潮社)で中原中也賞受賞。『日本語ぼこりぼこり』(小学館)で講談社エッセイ賞、『ここが家だ ベン・シャーンの第五福竜丸』(集英社)で日本絵本賞、詩集『左右の安全』(集英社)で山本健吉文学賞、『さがしています』(童心社)で講談社出版文化賞絵本賞を受賞。ほかに詩集『ゴミの日』(理論社)、翻訳詩集『ガラガラヘビの味』(共訳・岩波書店)、絵本に『くうきのかお』(福音館書店)、エッセイ集に『日々の非常口』(新潮文庫)、『空からきた魚』(集英社文庫)、英訳詩集に『ひとのあかし』(清流出版)など多数。'12年に広島文化賞を受賞。

もしも、詩《し》があったら

2015年5月20日初版1刷発行
2019年3月10日　　3刷発行

著　者 ── アーサー・ビナード
発行者 ── 田邉浩司
装　幀 ── アラン・チャン
印刷所 ── 萩原印刷
製本所 ── ナショナル製本
発行所 ── 株式会社光文社
東京都文京区音羽1-16-6(〒112-8011)
https://www.kobunsha.com/
電　話 ── 編集部03(5395)8289　書籍販売部03(5395)8116
業務部03(5395)8125
メール ── sinsyo@kobunsha.com

R＜日本複製権センター委託出版物＞
本書の無断複写複製(コピー)は著作権法上での例外を除き禁じられています。本書をコピーされる場合は、そのつど事前に、日本複製権センター(☎03-3401-2382、e-mail : jrrc_info@jrrc.or.jp)の許諾を得てください。

本書の電子化は私的使用に限り、著作権法上認められています。ただし代行業者等の第三者による電子データ化及び電子書籍化は、いかなる場合も認められておりません。

落丁本・乱丁本は業務部へご連絡くだされば、お取替えいたします。
© Arthur Binard 2015 Printed in Japan

ISBN 978-4-334-03859-5
日本音楽著作権協会(出)許諾第1504428-903号

753
人は、誰もが「多重人格」
誰も語らなかった「才能開花の技法」
田坂広志
なぜ、「隠れた人格」を育てると、「隠れた才能」が現れるのか？　21世紀のダ・ヴィンチは、いかにして生まれるか？──新たな「才能開花の技法」を対話形式で説く。
978-4-334-03856-4

754
ヤバいLINE
日本人が知らない不都合な真実
慎武宏　河鐘基
日本人の四割強、国内だけで五八〇〇万人のユーザーを抱えるLINE。その複雑なビジネスモデルを徹底解説し、社会的インフラとしての「責任」を問うノンフィクション。
978-4-334-03857-1

755
入門　組織開発
活き活きと働ける職場をつくる
中村和彦
仕事や会社でのストレス、職場や部門間でのコミュニケーション不足、上司や経営層への不信感etc.。これらの問題を解決するには？「人」「関係性」に働きかける最新理論。
978-4-334-03858-8

756
もしも、詩があったら
アーサー・ビナード
文学において、思考において、そして人生において、「if」の果たす役割はどれだけ大きいことか。古今東西の選りすぐりの名詩を味わいながら、偉大なる「もしも」の数々を紹介。
978-4-334-03859-5

757
やってはいけないダイエット
坂詰真二
流行の「〇〇ダイエット」のほとんどは効果がないか、命の危険！　大ヒット「やってはいけない」シリーズの人気トレーナーが体脂肪だけ減らす確実・安全なダイエット法を伝授。
978-4-334-03860-1